傾城詩選

袁行霈題

粤港澳大湾区文学丛书

倾城月，倾城诗

冯倾城 著

广东高等教育出版社
Guangdong Higher Education Press
·广州·

图书在版编目（C I P）数据

倾城月，倾城诗 / 冯倾城著. — 广州 ：广东高等教育出版社，2019. 8
（粤港澳大湾区文学丛书）
ISBN 978 – 7 – 5361 – 6556 – 4

Ⅰ. ①倾…　Ⅱ. ①冯…　Ⅲ. ① 诗词 – 作品集 – 中国 – 当代　Ⅳ. ① I227

中国版本图书馆 CIP 数据核字（2019）第 162954 号

策划统筹：黄红丽
责任编辑：何栩隽
责任校对：林　曼
责任技编：肖宿华

书　　名　倾城月，倾城诗
　　　　　QINGCHENG YUE, QINGCHENG SHI
出版发行　广东高等教育出版社
　　　　　地址：广州市天河区林和西横路
　　　　　邮政编码：510500　电话：（020）85250745
　　　　　http://www.gdgjs.com.cn
印　　刷　佛山市浩文彩色印刷有限公司
开　　本　890 毫米 ×1240 毫米　1/32
印　　张　9.875
字　　数　146 千
版　　次　2019 年 8 月第 1 版
印　　次　2019 年 8 月第 1 次印刷
定　　价　42.00 元

序 一

区域文学的共时呈现

编辑这套“粤港澳大湾区文学丛书”的动念，可追溯到2016年5月在暨南大学召开的“粤港澳青年文学研讨会”，与会作家、学者围绕粤港澳文学交流与发展主题展开对话，从文化视角思考区域文学的共同维度，启用了“大湾区文学”这个有意味的表述。大湾区为粤港澳文学在新时代语境下进一步探索与积极互动提供了新的契机，如果建立一种类似文学丛书的展示机制，或许可以呈现此时此地的湾区生活与文学境况。从文化区的角度重新理解粤港澳文学的共同属性与多元景观，对文学创作与研究或许会起到意想不到的刺激作用。

虽然美国人类学家奥蒂斯·梅森（Otis Mason）在1895年已使用“文化区”这一术语以确认不同类型的美洲印第安环境，但是有关“文化区”的认知与讨论则主要在20世纪展开。

克拉克·威斯勒（Clark Wissler）认为文化区的理想情况呈同心、圆状分布，但在实际运行中，逐渐形成以地域特征为主导的文化中心与边缘区域。20 世纪 60 年代中期，唐纳德·W. 米尼格（Donald W. Meinig）将基督复兴教徒按数量分布划分为核心带、主权带、领域带、外围带，进一步发展出文化区空间结构的模型。[①]“文化区”成为人文地理学一个极为重要的概念，通常用来描述文化的历史区域分布和动态发展。由此也可以大致看出，文化区首先是一个基于地缘因素形成的文化空间，其中既有主导文化，也有构成文化多样性的文化元素，各文化元素之间互相交流、融合，不断生长，形成更大的文化圈。共同的语言体系与生活习惯，则是促成文化区的前提条件。

粤港澳作为以岭南文化为主导的文化区，其文化特征受中原文化和海洋文化影响。众所周知，岭南文化是一种面向自然生活、日常感性的原生型文化，同时又拥有多民族迁徙中形成的宽厚包容的品格；因为有近海之便，相对于建立在传统农耕文明基础之上的中原文化更具开放灵活性，在眺望、体验、参与世界文明的过程中形成了开拓进取的探索精神；此外，岭南地区远离政治文化中心，慢慢发展出一套以市民社会和日常生活为价值主导的世俗文化。

因为同根同源的文化基因和紧密相连的地理位置，粤港澳拥有共同的文化传统与历史记忆，又在各自不一样的政治文化空间中吸纳外来文化元素，分别形成各具主体性的文化风格，

① 参见《文化区》，况光贤译，《地理译报》，1987 年第 3 期。

并彼此参照和影响。如果说所有充满活力的文化具有某种共同的品质，首要提及的无疑是吸纳他者文化的能力，反过来也同样如此，越是具有吸纳异质元素补充自我能力的文化，越是充满生命的强力，越能在诸种文化的竞争中长盛不衰。克拉克·威斯勒说："正是文化的积累特性及其明显的顽强生命力才需要迅速地移植和传播，或用一个更好的术语说，就是对启示的敏感性。"① 传统意义上的岭南文化以广州为中心，自19世纪中期香港开埠以降，岭南文化与西方文化融合，发展为风味独特的都市文化，这种不同于上海、北京、台北的"港味"文化又在粤港澳交流互动中不断溢出本土界域，成为标志时尚的文化潮流。

正如所有异质文化进入传统认知领域时必然遭遇误解一样，自20世纪30年代开始，香港就被个别内地文人称为"文化沙漠"，又在后续的他者叙述中延伸到整个岭南地区，并一度成为粤港澳确证文化主体性的焦虑来源。如果说域外他者的言说姿态植根于某种"正统"的文化结构，显然忽视了文化对于现实的积极参与功能。正如香港资深报人、文化学者罗孚所说，香港衣食住行的文化相当丰富、出版自由、资讯发达、影视艺术空前繁荣，这些来自"文化沙漠"的文化产品，你尽可以说它是"次文化"，却不能说它是"非文化"。②

尽管港澳新文学在历史发展过程中呈现出省港、省澳的结

---

① 克拉克·威斯勒：《人与文化》，钱岗南、傅志强译，商务印书馆，2004年版，第42页。

② 罗孚：《香港文化漫游》，香港中华书局，1993年版，第51页。

构化现象，但并非某种单一化的主导/依附模式。例如，在由内地、台湾、香港、澳门建构的中国新文学版图里，在长期以来的历史叙述中，澳门文学通常被轻描淡写、一笔带过，然而随着文学史研究的深入，有学者从西学东渐、中西交汇的源头梳理，提出中国文学的近代化与现代化应从澳门讲起："中国的近代化和中国文学的近代化，中国被动地向西方开放的近代史，在某种程度上应该从澳门说起。作为一种独特的文学记忆，澳门文学无论多简陋、粗糙，都将这样的历史以生动的形态记录下来，以丰满的精神状态得以保鲜。包括早期诗僧结社及其相应的创作，包括清代一些隐居澳门的官员感时忧世之作，澳门文学最早传达出近代化的强烈信息，为中国文学的现代进程注入了最初的活力与资源。"① 事实上，在中国走向世界尤其是近代以来开启的现代化进程中，粤港澳就扮演过不同寻常的先导与中介作用，然而在强调中国内部生产力/生产关系冲突与变革的历史叙述结构中，外来的影响已被明显削弱，或者只被视为装饰宏大历史的一段小插曲。我们固然承认历史的车轮由强大的集体力量所推动，却也不能忽略那些看似不起眼的因素对历史产生的刺激与启迪。

正如梁启超所述，岭南地区背岭面海、连接中原的地理格局便于交通海外，"故其人颇有独立之想，有进取之志；两面

① 朱寿桐：《从澳门学到澳门文学》，《光明日报》，2015 年 12 月 21 日，第 13 版。

濒海，为五洲交通孔道，故稍习于外事”[①]。因地理之便，西方文化得以不断输入，“粤人遂为这种新文化的先锋队，广东成为新文化的策源地”[②]。尽管一个区域的文学往往由伟大的作品来表征，然而阐发、引领时代风气的开创价值，经常需要借助政治、经济、文化诸因素的激发，而文学观念的变革又会加速社会的发展。于是，我们看到了近代以来在岭南地区有“诗界革命”“小说革命”的爆发，有“二高一陈”的“岭南画派”的兴起，有“中国油画第一人”的李铁夫的探索，更有中国现代电影创始人蔡楚生、司徒慧敏、黎民伟的三足鼎立，等等。

以近代印刷术和出版业的兴起为例，澳门、香港、广州之所以扮演极为关键的角色，跟三地开放、相互毗邻密切相关。1815—1830 年前后，传教士马礼逊在澳门、香港、广州尝试以活字取代木刻印刷中文书籍，在澳门成立“马家英式印刷所”，后又将石印机搬移到广州十三行，逐渐开启中国出版的现代之门。[③] 1858 年，伍廷芳筹办的《中外新报》创刊，中国迈入自主创办中文报纸的历史新阶段，现代报刊的兴起成为中国走向近代化的重要环节。维新派先驱王韬与麦都思创办的墨海书馆结缘（1848），王韬在从事编校工作期间结识了一大批传教士，

---

① 中国之新民（梁启超）：《中国地理大势论》，《新民丛报》第 8 号，光绪二十八年四月十五日，第 50 页。

② 陈序经：《广东与中国》，《东方杂志》，1939 年第 36 卷第 2 号，第 42 页。

③ 苏精：《铸以代刻：传教士与中文印刷变局》，台湾大学出版中心，2014 年版，第 6－13 页。

对西式印刷有深切了解[①]，这二者对于王韬后来投身出版业产生了巨大影响。游历欧洲之后回到香港，王韬集资购买英华书院印刷设备，成立中华印务总局（1873），次年创办《循环日报》。王韬打造传播现代思想的媒体平台，目的在于“发幽光于潜德，开悔悟于愚民”[②]，而体现他国际化视野的政论文章大半在《循环日报》发表，自由畅达、直抒胸臆、不拘一格的文风奠定其在近代散文史的地位，其标举文学革新的主张对黄遵宪、梁启超等形成直接的启示。突飞猛进的报刊业有力地促进了香港文化的繁荣，据统计，从1858年《中外新闻》创办到1934年的70余年里，香港停办的报社有58家，存续的11家，报纸副刊与杂志对文学作品的大量需求，为粤港澳培养出一大批作家，也建构了一个基于现代媒体的文学生产、传播与接受的都市文化空间。

可见，粤港澳凭借得天独厚的舆地条件，在社会文化与文学发展方面发挥着一种独特的整体性作用。一直到20世纪上半叶，受惠于港澳自由出入境的便利政策，粤港澳之间的文人往来、文学互动成为常态，港澳文坛与内地文坛也保持着密切交流。特别是抗日战争期间，蔡元培、茅盾、夏衍、郁达夫、于伶、萧红、骆宾基、端木蕻良、陶行知、欧阳予倩、戴望

---

① 王韬记录印书的情景：“车床以牛曳之，车轴旋转如飞。云一日可印数千番，诚巧而捷矣。书楼俱以玻璃作窗牖，光明无纤翳，洵属琉璃世界。字架东西排列，位置悉依字典，不容紊乱分毫。”王韬，《漫游随录》，社会科学文献出版社，2007年版，第59页。

② 王韬：《本馆日报略论》，《循环日报》册装周刊本，同治十二年十二月十八日。

舒、穆时英、陈衡哲、萨空了、冰心、郑振铎、萧乾、许地山、叶恭绰、巴金、温源宁、施蛰存、林语堂、胡风等大批文人南下，港澳文学艺术迎来前所未有的活力。仅 1937 年至 1939 年间，香港即组建了华南戏剧研究社、香港中华艺术协进会、香港戏剧协会、中华艺术剧团、中华全国文艺界协会香港分会、儿童戏剧协会、中美文化协进会、中英文化协进会、中华文艺协进会粤剧救亡服务团等一大批文艺社团，先后举行“香港文化界座谈会”、港澳马文化界致电国际和平会、“抗敌画展”、“香港诗歌工作者座谈会”、“鲁迅先生逝世二周年纪念大会”、现代中国漫画展、通俗文艺座谈会等系列文艺活动，除大量创办刊物以外，还推动《申报》《大公报》《学生杂志》《中国诗坛》等报刊在香港复刊，生活书店设立香港分店……以著名诗人戴望舒为例，可以大致看出南下文人对香港文学的贡献。除了负责《星岛日报》文学副刊的编辑工作，他还参与《星岛周报》(1939)、《顶点》(1939)、《中国作家》(1939)、《耕耘》(1940) 等报刊的编辑出版，而在主持《星座》期间，刊发了大量名家作品。后来他说，“没有一位知名的作家没有在《星座》里写过文章的”①。澳门以战时中立地位吸引李供林、陈洵、朱希祖、黄节、詹安泰、章士钊、叶恭绰、廖平子、陈蝶衣、陈融、郑春霆、高剑父等大批文化界、教育界人士前来躲避战火，他们发起成立“四界救灾会”、文化协会、

① 戴望舒:《十年前的星岛和星座》，见《星岛日报·星座》，1948 年 8 月 1 日增刊，第 10 版。

前锋剧社、晓钟剧社、起来剧社、绿光剧社、呐喊文学研究社、怒吼社、淘声社、晓社读书会、前哨读书会、暴风剧社、中艺剧团等文艺社团，爱国华人社团则纷纷捐资创办劳工子弟学校、银业公会小学、菜农子弟学校、水电工人子弟学校、粮食公会小学、鲜鱼子弟学校、航业公会小学、猪腊工会子弟学校等子弟学校，在华人社会普及发展初级教育、中等教育和成人教育。正因为诸种因缘际会，穗港澳迅速成为南方的“新文化中心”①。

因此，尽管类似陈残云、黄谷柳、舒巷城、秦牧等作家经常被当成书写岭南本土文学的标杆，粤港澳作为彰显地方特色的文学空间对于中国文学的意义，实际上远远超过了一般区域文学的作用。如果粗疏罗列一份大体反映20世纪50至80年代港澳文学状况的作家名单——马朗、徐讦、徐速、叶灵凤、侣伦、昆南、黄思骋、李辉英、林以亮、夏果、曹聚仁、司马长风、张爱玲、姚拓、何紫、倪匡、阮朗、舒巷城、戴天、刘以鬯、金庸、梁羽生、东瑞、白洛、施叔青、余光中、郑树森、钟玲、董桥、张晓风、西西、也斯、李碧华、罗孚、亦舒、陈浩泉、颜纯钩、金东方、穆凡中、陶里、韩牧、云力、鲁茂、周桐、谢雨凝等，就不难发现这些来自港澳本土、内地、台湾

---

① 胡适1935年1月6日在香港华侨教育会演讲，反对读经，提出要使香港成为“南方的一个新文化中心”，后来登在《大光报》的内容有所出入，误为只是让香港成为南方的新文化中心，引起广州文化界人士的不满。[详情见胡适：《南游杂忆》，载《香港的忧郁：文人笔下的香港（1925—1941）》，卢玮銮编，华风书局，1983年版，第60页。] 而“南方文化中心”的提法也由此产生。

和海外的作家集聚港澳而产生的文学史意义。他们利用自由港的便利条件，先后创办了《诗朵》《文艺世纪》《南洋文艺》《海光文艺》《文艺新潮》《伴侣》《文艺伴侣》《新思潮》《好望角》《盘古》《红豆》《诗风》《四季》《中国学生周报》《大拇指》《澳门学生》等大批文艺刊物。文学空间的开辟既为现实主义、现代主义和都市通俗文学的延续与进一步实践提供了丰富多元的生存土壤，又为身居东南亚、北美等海外地区的华人作家打通了相对畅通的交流渠道。即便1949年形成了某种文化政治的区隔，港澳文学也仍然承担着有关国家叙事的想象，并继续保持着与内地文学一种更深层次的互动，以不同的方式及时呼应民族国家与时代命运的重大课题。粤港澳文学于20世纪70年代末重新拉开互动的序幕，曾敏之、刘以鬯、金庸、饶芃子、潘亚暾、陶然、潘耀明、许翼心、傅天虹等作为重要的推动者，除了验证“地域内部不同文化之间的交互作用要比不同地域之间的文化的交互作用频繁、深刻得多”①，也说明文学与文化的关联总是从具体的主体开始，而由地缘、文化甚至血缘所塑造的情感结构，很大程度上决定了文化区内在的凝聚力量，并强化为一种建立在“交往”基础之上的“地域共同传统”（area co-tradition）。

如果试图描述近40年来岭南文化区发生的新变，首先要提到的无疑是在国际政治与经济新秩序重构的过程中，珠江三角洲成为极具经济竞争力的重要板块，涌现了深圳、东莞、佛

① 张光直：《青铜挥麈》，上海文艺出版社，2000年版，第221页。

山、中山、珠海等一批制造业发达和贸易实力雄厚的城市，空前活跃的流动性带来了文化的活力，彻底改变了以往由广州作为单引擎驱动的文化面貌；其次则是迎来了香港和澳门的相继回归，港澳实现了特别行政区的文化政治身份转变，广东除了获得传统意义上的窗口毗邻优势之外，还为内地与港澳之间的经济与文化交流承担着引桥的作用，粤港澳朝互鉴互补的局面推进；再次就是国家战略层面的“粤港澳大湾区”规划启动实施，“大湾区”是受全球视野启示形成、基于地域之间协同发展设置的政治经济框架，正如不同历史年代持续呈现的那样，粤港澳的共同地域传统对文化共同体的想象与操作，本身就是以语言为根基，以血缘、文缘为纽带，紧密联结着民族国家的现代叙事。“人文湾区”体现出对既有行政区域划分的超越，回到文化源流，为人们重新审视本区域的文化、文学发展提供了新的维度。

正如谢有顺所说，粤港澳大湾区原本是一个地理概念。之所以要把它变成文学概念，说明在技术空间、物理空间和社会空间以外，我们必须假定有一个文学空间、审美空间和艺术空间。“粤港澳大湾区文学”这个提法，就是在开创这种审美和艺术的空间，开创想象的空间，这是超越了物理学、社会学意义上的空间概念。“如果我们把粤港澳大湾区当作一个文学的、审美的、想象的空间，就要意识到在这个空间里，不仅有敞开的东西，比如说借此认识到很多新的人群、新的经验、新的生活，也有很多被遮蔽的东西，那些不被辨识的、无名的经验，而这更应成为被书写的主题。”① 因此，“粤港澳大湾区文学”理应强调对未来的关注，顺应文学主题由乡村向城市转移的历史趋势，共时呈现湾区城市居民在信息时代工作与栖居的现代生活状态，具备现代性的意义，既书写一代人的理想与追求，也抒发寻梦者在生命途中的悲欢与困境，从而创造出反映新时代、立足大湾区的创业史与抒情史。

从这个意义上，“粤港澳大湾区文学丛书”着眼于岭南文化区地域共同传统的接续打造，历史翻开新的一页，需要从多元化角度出发，丰富“一个地区长时间互相关联的诸文化勾连而构成历史的整体单位”的内涵。基于这样的考虑，我们对来自大湾区的作者不设题材、文体的限制，之所以要求是来自大湾区的中青年作家，是因为“大湾区”是新的，希望生活的经验转化为文学的经验也是新的。

蒋述卓　龙扬志

2019 年 6 月 30 日

---

① 谢有顺：《“粤港澳大湾区文学”的现在和未来》，《光明日报》，2019 年 5 月 29 日，第 14 版。

目 录

卷二　古典诗词

附录　外语诗

后记

倾城之诗
——为冯倾城诗集序

谢　冕

中国现代诗有新、旧之别。所谓新诗，即指五四新诗革命的产物。所谓旧诗，即指现代人写的旧体诗，是传统古典诗歌的现代延伸。新诗基本是白话自由体。旧诗多半延续古典旧制，仍以文言为之，且讲究音韵格律。现代人写旧体诗，多半以今人的用语习惯，不守古典风习，大抵还是一种因事、因人而生的某种“新变”。本人对于现代诗的新、旧，有自以为是的尺度，即认为新诗不必追求恢复律化，以放开自由写作为宜；而旧体诗，则宜遵古法，除非因语音词汇变化等情形导致旧韵难继者，总是一切仍旧为好。这样的坚持，难免有守旧不化之嫌，当然也就增添了写作的难度。正因如此，我读现代旧体诗，总是投以挑剔的目光。

中国古典诗歌亦分近、古二端。古诗缘起久远，可逼汉魏，一般对音律句式不作严格规定。近体诗则截然有别，它始于齐梁而定于唐，格律趋于严格，章法趋于精密，章有定句，句有定字，平仄、对仗、起承转合均有定则。因此之故，今人往往难以驾驭。特别是那些没有受过文言文训练，又不熟悉古籍典故的作者，他们以为只要每句五字或七字即可成诗，此乃误解。我不喜欢所谓的“新古体诗”，那些诗歌不今不古，多半是七言写成的“顺口溜”。但它自有从者，亦宜尊重。

也许是积习所致，我对那些保持了古典神韵的旧体新作，总怀有如对故人般的亲切感。这就说到了此刻案边展开的冯倾城的旧体诗（她的诗选是新旧体合集，新诗亦佳好）。倾城诗有家传，又问学于名校，熏陶点染，积学既深，又颖悟勤习，着墨绮霞满天，落笔神采飞扬。青青子衿，悠悠我心，锦心绣口，宛若晨曦。倾城诗路宏阔，古今兼修，各有所成，小自心灵感应，大至天下大业，举凡神舟飞天、南疆雪冻，无不牵萦于心，化为清词佳句，日积月累，终成诗坛一道绮丽风景。

倾城身居濠江，虽绣楼雅舍，难囿其神思缈远。名门雅致，自有闺中幽情，然总是目纵四野，家国忧思，乡情萦心，故倾城之诗寓大情怀，有大气象。有句曰：“如烟百代沧桑过，七子莲心写大同。”[①]一阙鹧鸪天，咏的是南湾一景，实乃词家自况。且看她登滕王阁，一时意绪纷扬，“落霞孤鹜齐飞处，看长天秋水苍凉”；再看她匡庐之游，风流飘逸，“爽气荡尘襟，助凌云词笔”。妙的是那首《雨中花慢·夏日斗门品荔》，隔窗观雨，烟水连天，词曰：“即未盈三百，也放清怀，欲学坡仙。”若不谙东坡旧句，怎能这般口吐莲花！

倾城旧体诗词写作遍及诸体，就词而言，各种词牌均有试笔，高阳台、石州慢、水调歌头、雨中花慢、忆江南、水龙吟，五彩缤纷，可谓乱花迷眼。就诗而言，古风近体各显其长，近体诸作，五、七言律绝，乃至排律，诸体皆备，尤以五言绝句见长。《澳门八景组诗》皆是五绝，二十字呈现一景，笔简景繁，最见功力。如《卢园探胜》：

曲径吟风竹，流泉荡冷香。
湖心传鸭语，梅影隐高墙。

风竹能“吟”，梅影能“隐”，仅一个字，道出几多复杂情景。其实，另一句“流泉荡冷香”五字亦颇传神，流水不仅有香，而且有声。古典诗讲究炼字铸句，炼和铸都是经烈火熔冶，一字传情，正是高温锤炼的功夫。由此我们得知，一般的“大白话”是不宜也无法入诗的。

---

① 《鹧鸪天·南湾湖冬晨咏》句。作者原注：“闻一多著有《七子之歌》，澳门向有莲花宝地之称。”

倾城古典修养沉郁深厚，每于遣词造句中见其功力。“历劫成奇迹，无端宿乱鸦”①，说的是澳门的大三巴，十个字，既交代了历史背景，又描写了现场情态，“乱鸦”堪称妙喻。又如写西湖：“残雪已消余别恨；断桥何处觅仙娘？”②“仙娘”显见是为叶韵，却是最显新异，用字之功也。再看，还是西湖，“雨中烟景淡如无”③，让人不免联想到“山色有无中”“草色遥看近却无”诸名句，步趋前贤，又能别造新意。

前面说到倾城诗词的大境界，裙钗名媛写闺中幽兰，也写燕园情思，自是得心应手，但她始终不能放下的，还是一腔乡思，家国情怀。正所谓“一卷离骚万古愁，芝兰九畹未忘忧”④。特别令人印象深刻的是《哀汶川地震歌》⑤，近二百行的七言古风，是一首我迄今看到的为数寥寥的、关于汶川地震的史诗性作品。长诗始于一声惊心动魄的长叹：“噫吁嚱！天何太忍径将巨灾降汶川？！”而终于：“我信昊天怜赤子，泱泱中华日月长。”蜀地的山川、地貌、历史、文化，灾前的异兆，灾中的惨烈，举国上下的救援，她把这一幅空前灾难的图景，以诗歌的形式留给了我们的后代子孙。

这里是地震初起的画面：“瞬间山崩复地陷，万壑隆隆裂

---

① 《澳门八景组诗》之三巴圣迹句。

② 《忆江南》之四。

③ 《忆江南》之二。

④ 《怀屈子》。

⑤ 作者注：2008年5月12日，四川汶川发生里氏8级特大地震，罹难者近7万人，经济损失逾8000亿元。大灾见大爱，举国上下同心驰援，云天高义动人五内，遂感而赋之。

心弦”“游鱼出水空中跃，百鸟弃巢尽上天”；这里是四方营救的笔墨：“披荆斩棘乱石滚，翻山越岭夜行军”“千蓬架起平野阔，呼邻唤里作羹汤”。诗人笔行千里，心系万家，她的诗篇表达的是大灾大难中的人间大爱。那场地震惊动了全世界，也唤起诗人们的爱心与激情。我曾在一些文章中表达了对诗人们的敬意，同时也不无遗憾地感到能够纵深地、全方位地写出这场灾难的，且能传诸后世的作品的匮缺。及至读到倾城这一抒情长卷，内心欣慰，这是一种安慰和补偿。

倾城创作甚丰且全面，前面重点说到她的旧体诗词的成就。其实她的新诗作品也表现了诗人的成熟。可惜的是，这些成就被她的旧体诗作的光亮遮蔽了。这也不奇怪，因为在人们的心目中，旧诗总比新诗难写。特别是年轻女性能熟练作旧体诗，当然更加引人注目。这样，我们又回到此文开篇所述的中国诗歌 “新”“旧”二端的话题上来。一般都认为新诗 “好写”，此论实谬。我却以为新诗比旧诗难写，旧诗有音韵格律的约束，有无数前人的 “依傍”，而新诗无 “定法”，“新”在众多的平庸中脱颖而出却是极难。如今的新诗被写烂了，罪人不是网络，甚至也不是写诗的人，我以为责任在批评家，他们没有向轻率而写的人们指明并提出写作的难度和高度。

这篇序写得有点长了。我想强调的是：倾城的旧体诗好，新诗也写得好。好心的、耐心的读者不妨读读倾城的新诗。倾城的新诗清新、明亮而流畅，如下这样的诗句很典型：

北回归线
南回归线
赤道
地球折叠成一张小小的舆图
印上鸽子散佚的足迹
挂在我的口袋里

攀越阿尔卑斯山的冰脊
穿过奥尔甫斯的森林
伊甸园架起七夕的流星桥
夏娃的笑靥
是亚当待采的红苹果

像这样的内容和境界，包括那些词汇，新诗能到达，而旧体诗则难。新、旧优劣之分，一看则明。倾城的新诗，佳作甚多，举凡《二千年的童话》《瑞士意象》《移民》《赫本，你在做你自己》《午夜的玫瑰》《未名湖，去年的绿》等，都不错。建议读者不妨一读。

2019 年 3 月 31 日，于北京大学

让诗，燃烧成情感的舍利
——《倾城月，倾城诗》序

易　行

语言的桨
划过波浪形的时间
于透明的静寂中
隐去

留下
诗行
一堆情感的骸骨

这是澳门年轻女诗人冯倾城写于1997年的《创作》，很精彩、很深刻，但我还是要“斗胆”为她改两个字：改“骸骨”为“舍利”——因为诗是生命的燃烧，情感的结晶！尽管“舍利”是佛家语，也可把它作为“生命的结晶体”借来一用。不知这在“盛行”天主教的澳门是否合适。

让诗成为生命和情感的结晶，正是冯倾城毕生的追求。因为她小时候“曾梦想过当一名科学家或宇航员，以便在无涯学海及无尽太空中漫游”。但现在的她“已被诗的炽吻熔化，虽不能真正实现童年的梦想，但那又有什么关系呢？”因为她“已经决定献身于缪斯女神，在诗的茫茫宇宙中飞航”（冯倾城《我的诗歌观》）。

我喜欢这位决心献身于缪斯女神的冯倾城女士的诗，特别是她的新诗。尽管我心中的神是诗仙李白和词圣苏轼，但对缪斯对新体诗也是一往情深！我曾用新体诗为我的新旧体诗合集《壮怀集》写过这样的“诗序”：

陶令
早就归去来兮
只留下这些秋菊
太白
也已危乎高哉
就像那轮明月
东坡
更是大江东去
浪淘千古且一去不回
天低吴楚
眼空无物
谁还在　寻寻觅觅

是汉魏之气
还在　鼓荡着我们的心机
是晋唐之风
还在　激励我们的心律
是盛世之举
时时　牵动我们的心绪
我们怎能不
前赴后继
不信大唐已到绝顶
不信李杜写尽绝句
（《壮怀集》诗序之一）

因为是“壮怀”，所以口气很大，不仅有冯倾城那样献身于诗的精神表达，还有赶超李杜苏辛的狂妄。但就诗本身而言，受传统诗词的影响是显而易见的，且倾向于直白和朗诵。因为直白更适于朗诵和宣泄。冯倾城的新诗则更为含蓄，受西方诗体的影响似乎更深一些，更适合品味。请看她的《二千年的童话》，也是三章，其第一章也是两节：

世纪末的潮水退尽
露出黑色的海床
起伏的沙丘　堆叠
一枚枚闪烁的银币

蔚蓝的苍穹
镀上了璀璨金色
万木鸟兽
都是漆黑的剪影

我从干涸的梦境出发
寻访诺亚遗失的方舟
在天地熔合之际
夜空是一条没有尽头的铁轨
你载着满天星辰而来
抖落一行囊深情的诗句
我在你耳壳的回音谷里
检索
荷尔德林
叶芝
里尔克
和海子
蓝色的
沉默

我也许有些“崇洋”，觉得像倾城这样的带着西方胎记的新诗意境也很深，味道也很浓，也很让人沉思。另外，想不到像流星一样划过天空的海子，竟留在这么多诗人的“蓝色沉默”里。同时，我思考着新诗的突破。倾城也渴望突破，所以她好像正向中国传统诗词寻找突破的底蕴，她后来的新诗也就有了中华传统诗词闪亮的影子：

你从大漠中走来
带着孤烟
圆圆的落日
就像
你手上
圆圆的椰果

青青的椰果
是茫茫沙漠中
苦行者干涸眼神
渴望的绿洲
（《椰青果》第一、二节）

这是从唐代王维“大漠孤烟直，长河落日圆”中化出来的。那“青青的椰果 / 是茫茫沙漠中 / 苦行者干涸眼神 / 渴望的绿洲”，不仅包含着她对幸福安康的向往，还可能包含着她对诗的渴求。于是，她写起了旧体诗词，并一举成为在澳门推动中华诗词发展创新的领跑者。这是我在澳门出席“两岸四地纪念杜甫诞辰1300周年学术研讨会”期间深切感受到的。捧读了澳门多位诗人，包括冯倾城和她的父亲、著名诗人冯刚毅的律诗，我感到十分惊讶，彻底改变了我对澳门是“文化沙漠”，只有赌场没有诗田的误解。而冯倾城的旧体诗则是堪称澳门很炫很炫的一枝：

未名烟柳忆千条，各自天涯望鹊桥。
星眼有情传客恨，月钩无力惹魂销。
暗将红豆春时撷，待把青蛾镜里描。
天上梦圆人寂寂，凭栏对影伫清宵。

此诗隐隐有唐代李商隐七律的个中韵味。读了这样的“澳门”诗，也勾起了我的诗兴，当即写了四首绝句，并在第二天的发言中献丑宣读。不久，倾城传来和诗。我虽不看好“和”诗，认为它更难写更束缚思路和手脚，但我对倾城的和诗还是很看好的，看好她的功底、构思和语言运用能力。下面不妨将原诗和和诗对照一读：

初访澳门	冯倾城和诗
一	一
登岛才知来岛迟， 相逢恨晚庆相知。 欢迎不仅濠江唱， 还有长风似杜诗。	幸会诗朋但觉迟， 风神儒雅似相知。 京华镜海迢迢路， 古韵新声出好诗。
二	二
临门仍恨百年隔， 热泪如珠落为何？ 今日国强民渐富， 杜公也会唱新歌。	五洲四海虽遥隔， 热土情深念若何。 俱喜中华今鼎盛， 炎黄赤子共讴歌。

三

一见相得似故识，
新声新语胜唐诗。
不迷旧韵推今韵，
古木葱茏花万枝。

三

旧雨新知多卓识，
讲坛共论少陵诗。
近闻北国连天雪，
想见琼花百万枝。

四

盛会难得话举国，
新风古韵共切磋。
要言百万仍嫌少，
研杜千回不觉多。

四

中华自古称诗国，
研杜今齐细切磋。
远送一千三百载，
长江后浪未嫌多。

诗不但和得“严丝合缝”，没有凑韵凑句，且另出新意，不能不令人钦佩。

倾城系北京大学比较文学硕士、清华大学比较文学博士。我不懂这“比较文学”为何物，但我却好用自己写的东西同古人比、同今人比，找差距，查不足，偶有所得便怡然自乐。所以在比较文学博士面前也班门弄斧写一篇研习型序言，以求共同提高。

2019年1月9日于中华诗词研究院

卷一

新诗

◎抒情系列

午夜的玫瑰

你驮风而至
带着一束红玫瑰
午夜的玫瑰
火热如黑夜的唇
缀在玄武湖上的秋空

月亮的竖琴在弹奏我的心跳
你用睫毛描画我的影子
黑夜的星子在闪烁着麋鹿的心事
秋天的风在朗读黑夜的诗篇

爱情是你送来带刺的玫瑰
给我诠释一个心疼的季候
玫瑰的红瓣
是我思念飞动的翅膀

玫瑰的叶子
是你的微笑
在星群的树林里
弯成一只张望的眼睛

你随风而别
云纹过处
我们
相隔天涯

二千年的童话

（一）

世纪末的潮水退尽
露出黑色的海床
起伏的沙丘　堆叠
一枚枚闪烁的银币
蔚蓝的苍穹
镀上了璀璨金色
万木鸟兽
都是漆黑的剪影

我从干涸的梦境出发
寻访诺亚遗失的方舟
在天地熔合之际
夜空是一条没有尽头的铁轨
你载着满天星辰而来
抖落一行囊深情的诗句
我在你耳壳的回音谷里

检索
荷尔德林
叶芝
里尔克
和海子
蓝色的
沉默

（二）

北回归线
南回归线
赤道
地球折叠成一张小小的舆图
印上鸽子散佚的足迹
挂在我的口袋里

攀越阿尔卑斯山的冰脊
穿过奥尔甫斯的森林
伊甸园架起七夕的流星桥

夏娃的笑靥
是亚当待采的红苹果

我们是前寒武纪风化的鸟
伫立在橄榄树的枝顶
太阳是上帝的火舌
焚烧我们一次又一次飞行的欲望

流浪过不同的城市
流浪过不同的星球
宇宙是羊
我们是两名寻找自由的放牧者

（三）

草叶上的晨露
依然流动着
昨夜的月色
郁金香尚未凋谢
你捏熄手上的烟蒂

吻我
以超出我负荷的你的爱情

飞机启航
把我囚进艾略特的荒原
云海万里冰封
大地若没有你的笑容
只是一片开满丁香的死土
岁月被钟摆捶成矿砂
每个节令都是冬季
思絮
随着基督的圣像出游
躯体
石化成生活的俘虏

在二千年孤寂里
我长成一棵树
躺在地层的板块下
听你的呼吸
沿着远古的河川
在我叶脉流淌的声音

南方的洋紫荆　飘落
一个世纪的记忆
季候风复制
你名字的染色体
悸动的夕阳
是你灼热的唇
咬着倾斜的海平线

想你
以超出我负荷的对你的爱情

椰青果

你从大漠中走来
带着孤烟
圆圆的落日
就像
你手上
圆圆的椰果

青青的椰果
是茫茫沙漠中
苦行者干涸眼神
渴望的绿洲

忘记了你怎样找到
我那藏起来的心灵
就像那圣洁的月色在雪山上迷失
就像那坚固的椰壳
掩起了小小的心扉

剥开椰果
淙淙的椰泉
流淌着你的歌声
一支旧吉他
几声马蹄驰过
你在草原中寻觅
你的“流浪歌手的情人”

半片椰白
就像草原上悬起的半月
是你为我守护的臂弯
如果你带了牛羊
我愿跟你到草原里放牧
满天的星子
是牛羊的眸子
眨巴着大地的心跳

十年前的这夜
你捧来一束红玫瑰
说是你火红的脉动
今夜

你亲手剥开
我爱吃的椰青果
说是你的一泓深情
我喝下了这清澈的椰泉
体会到生命的甘甜

来自星星的李白

骑着盘古的骏马
从宇宙的尽头飞奔而来
以弯月为杯
太阳是你永恒不散的酒席
星群是你抖落天际的诗句

万马随行
飒沓如闪电
北极光是你降落尘世的云梯
彩虹是你的战衣
你挥舞诗的剑锋
万马奔腾
歌声如刀
力拔千钧
劈开混沌

黄河滚滚
长江滔滔

你抽刀断水
飞流直下三千尺
你站在峨眉之巅
一览日月
你梦游天姥
气吞河岳
却喝不掉这洪荒的愁思

众朋宴罢
美人为你脱靴
名士为你挂剑
你飞扬跋扈
风雨为你呼啸
鬼神为你哭泣
而夜里
只有明月和影子
倾听你
寂寞的灵魂

三岁前读你的床前明月光
此后注定成为诗人
可谁能
真正读懂
你那万年忧郁
但愿长醉不愿醒
梦中
你可曾回到你的星球

海子，骑着梦想的马

从众神的山上奔下
骑着梦想的马
他是猎人
他是打柴人
他是普罗米修斯
他是宙斯之子

在大地掘一口井
解开肩扛的陶罐
倒下满天星星
使黑夜的地下
长满闪亮的秘密
瞬间
干涸的泥土长出了青草
荒凉的山岗开满了鲜花

缪斯是他的妻子
他们在远古的废墟

挖出了石器时代的文字和种子
在黄色的山川
　绿色的草原
　红色的土地
他们种满了麦子
瞬间
万兽起舞
海洋歌唱

飞鸟叼起了宙斯的召唤
雪山起伏着众神的琴弦
在一阵暴雷闪电中
他
骑着梦想的马
回到烈焰的内部
太阳狂烧
光影里
喷发着他留下的
图腾的诗行

致志摩

诗人别后
遗下诗歌的基因
如云彩飞逸
潜入时间的躯壳
游向远古
飘向未来
在虚无的酩酊中
化成
大地的叹息
上帝的呼吸

太阳的落果

离开地球
星河是流动的荒漠
风载着冬天的咽语
云层舒卷着时间的片躯

太空
蜷伏成一颗贝壳
我在黑洞里漫游

掠过黑夜
掠过白昼
掠过河谷
掠过城堡
满天星座
是太阳一路驿动的落果

冰月
液固成你透明的唇
印在大西洋的额头
思念
纷散如星
穿越宇宙
此刻
与你相距很远
也很近

风的诉说

我欲随行云流水而去
寻找那两千里的距离
关山外有朗月
还有
等候我摸索月痕而来的记忆

我想象
你眉梢流溢的两泓神采
还是昨夜一般清澈
我愿溯源而上
荡向你眼帘深处

别怀疑我是否听懂春的呢喃
我已经熟读了一个雨季的歌声
如果你要弹奏关于冬不拉的故事
那么请拨动我颤抖的心弦

若你此刻还在撰写一部飘花的传说
跌宕几瓣远游的情思
请不要问
我也不知道我将何时归来
因为异乡人的行迹
是一缕没有方向的梦

缪斯狂想曲

缪斯的琴
敲响雨季狂想曲
风披着蒲公英的羽衣而来
向晨曦吻别
在大地的弧度平伏之前
留下一行思念的轨迹

我扬起青春的画笔
在云朵的脸上描摹你的笑靥
你雕刻鸽子飞翔的姿势
述说我向往的故事

月亮在星海里抛锚
诗行在心涡中旋转
送你一串海螺花纹的项链
象征上帝与天鹅的契约

传说维纳斯失去双臂
拥抱了永恒
我愿张开梦的翅膀
拥抱你的一生

黎明之前

藏宝图画了
蛮荒的黑夜里
一串星子的行踪
我在森林守候
那颗在黑夜结束前闪现的星星

黎明前的天幕特别黑
我看到原始人的刑架
钉着一个高贵的灵魂
荆冠滴下的血迹染满山头
羊群战栗
群山肃立
大自然的歌咏队颂唱
时间的定律
追寻真理的人
注定在世俗中受尽煎熬

天上的云聚了又散
山沟里营火熊熊
戴面具的舞者睡着了
祈求的灵雨下了一晚
晨鸟收起夜幕
在云端插上晨曦的箭束
大地又长出了新的植被

等待

也许
我有一个愿望
等着遇到流星雨
从没有星星的白天
等到星星没有出现的黑夜
那个祈祷等待的姿势
在生命终结时
化成海边的
一方礁石
描绘着
海风的
方向

那个愿望
始终没有实现
原来星星早已陨落了
而这满天的流星雨
竟
是
我
梦
中
的
泪
水

日出的神话

蓝空因为爱情失明
俄狄浦斯孤儿
从冰川顺流而下
摇篮在星河边搁浅
炽热的眼神
燃亮了天上的星子

在水中捞月的智者
从星河中抱起结冰的孤儿
用手心给他暖脚
这个冰封婴儿
在爱中复活
化成晨曦
时间的图腾

未名湖，去年的绿

你从冬天走来
披着黄土高原满肩的枯叶
披着北大百年沧桑的笑纹
披着海子仰望苍天的沉默

柳絮如流云飞过
我们的目光
在彼此的梦境里
搁浅

每个荷叶田田的夏天
鱼子划着词桨
沿着水藻飘浮的方向
寻觅
哲人们隐居的灵魂
捡拾
王静安撒下一行囊的诗意

当我在你的眼波中泅泳
你如镜的心湖
沉淀着盘古的叹息
沉淀着柏拉图的雄辩
沉淀着最静谧的也最聒噪的年代

走过初春的湖岸
我想舀一瓢未名湖绿色的水
冬天的冰尚未融化
冻结着我去年的相思

创作

语言的桨
划过波浪形的时间
于透明的静寂中
隐去

留下
诗行
一堆情感的骸骨

如果

对于宇宙
亚当和夏娃的存在
相当于人类眼中蜉蝣的岁月
如果我们在时空的某个河谷偶遇
彼此的心跳是最纯美的诺言

你会成为我终生的信仰
每个世纪愿意恪守的奥迹
创世者的一切作品可以作证
纵是蜉蝣我也满足
这一瞬已活出永恒

致缪斯

你是一朵太阳花
花芯的种子
是风的嘴唇
欲说未说的语言

你是一束流星雨
匆匆地消失在地平线
你是不定方向的漂流瓶
瞬间遗失漫游的轨迹

沙漏的微粒堆叠故事
你在回忆的坐标徘徊
童话中那个云纹的天窗
微黄玻璃外的晨曦
温柔一如麋鹿的目光

给我一夜不眠的诗行
让油墨印刷我的意念
让我把你漂泊的航线
铸成我一路呓语的印记
让我把梦想
诠释成你美丽的规律

贝壳

别哭，怕别人拾了你的泪珠
你的泪珠刻了我的名字
不让别人拾走

如果我拾起你的泪珠
我会像那沧海逐浪的渔人
在月出的时候
用掌心盛着这晶莹的珠贝

如果我拾起你的泪珠
我会挂回天上
那是天上盈盈欲坠的星子

如果我拾起你的泪珠
我会缀成一串项链
别在我的胸口
那是我不能忘怀的岁月

黑眼睛

鲸鱼的翅膀划来
黑夜里的黑眼睛
在热带藻的城堡里
丢掉了方向

做一个水晶的梦
在珊瑚礁的化石中
寻找千年女王的预言
让贝壳吞噬远航的渴望
让鸽子叼走
遗失瞳孔的眼睛

当云层的手指
赤裸了天空的秘密
沉睡在喜马拉雅山底的眼帘
再次张开
和早熟的春天
一起思索

一双寻找光明的黑眼睛
悬在夜色的草叶尖上
垂钓黎明

梦

（一）

黑夜，是一头美索不达米亚的独角兽
每晚，吞噬一个美丽的梦

（二）

合上太阳的眼睛
夜张开嘴唇
与我的思想接吻
夜因此怀孕了
诞下一个梦

（三）

没有星星的晚上
我躺在夜的怀里
梦躺在我的怀里

梦在我的怀里拾起一串回忆
我在夜的怀里拾起一行诗句

（四）

童年的时候
梦在追逐着我
少年的时候
我在追逐着梦
青年的时候
我与梦结婚
我还没有老
梦已离我而去
我死了的时候
看见梦
在我的茔墓外徘徊

（五）

因为有梦
才有黑夜
因为有黑夜

才有我们的爱情
因为有我们的爱情
才有我们的黑夜
因为有我们的黑夜
才有我们的梦

（六）

梦
我是你圆外的一点
永远无法走进你的轨迹
你因而永远都很完美
完美得就像
在晨曦中孵化的
第一滴露水

春语

当某天咀嚼你的温柔
才读懂王维的相思
寄你一颗红豆
包含三百六十五个日子的期待

如果风不曾吹起你多情的裙带
雨就不会捎下你纤足的泥泞

如果云不是你轻描的眉峰
雾又怎会是你荡漾的水眸
如果这不是属于你的季节
我怎能以你初萌的颜色
去渲染我满心头的二月山茶

从没埋怨相聚的时刻太仓促
分别若是苦涩的吟哦
想念就是甘洌的梦呓
而梦呓的蜜汁
分泌自远古的翘盼

秋景

缪斯自檐边滑落一帘水晶珠子
归雁在空中编写十四行的诗意

山峦惊觉铅云的心事过重
黄菊扩张一篱斜晖的笑纹

犁牛啮掉所有绿色
叶的脉络怒得血红

田埂的蛙鸣
随夏天的背影远去
江湄的蒲草
又要守候
水鸟撑风桨而过
划下几道
深　深
浅
浅
的
悸动

秋之悸

蝉为燃烧一个梦境
望瘦了一个季节
当凤凰花掉落最后一瓣余焰
蝉便戛然
止于绝响
焚身半林枫火
于是
梧桐叶滴下第一颗珠泪
荷梗在风中唱起挽歌

秋天的情书

秋色深了
思念像普罗米修斯的火种
染红整个枫林
但是
没有一片红叶
可以写尽我
沉甸甸的相思

给晨曦的小笺

我是一株野生的草本植物
偶尔作息于荒山腼腆的一隅
当冰川纪开始融化
我便感受
风云雨露的布施

或许某天
你将踏暝色而来
那时
你可会注意
我叶梢流湍的一脉心事

若你蓦然回盼
在满眸花影浮动间
必定发现
我抖落的梦魂
如蒲公英飘飞的羽絮
轻轻拴住你的视线

给雨的小笺

不希冀什么
只想
你在云端裁一角心事
托雁子衔来
那末
我就把它卷作一根芦荻
植于江南的水草之旁
让它向你吹奏
我淅沥的思念

孤独

昏昏的夏
我开航一叶心舟
在金色的梦幻里翱翔
不须穿霓裳于绿野中飞舞
也不要佯作善饮的人跟李白狂拼
清晨是我涓涓的歌声
满天的酡颜化作你醉人的眼神

当睡醒了一个昏昏的夏的一个昏昏的梦
树梢下的阳光是满园的枫红
秋天的颜色被江水染白
芦苇的飞絮是竹篙上的愁绪
我再次跟你
告别
隔千千万万重山
我始终是我
载一舟孤独
航行于无言的苍白

写于十三岁

◎生活系列

咖啡，你还要加糖吗？

年轻时
你是一杯黑咖啡
我是一杯鲜牛奶
我们的爱情是一勺白砂糖
我们相遇相爱
溶合成一杯甜甜的奶啡

喝掉这杯奶啡后
剩下空空的杯子
装着沉甸甸的生活

银质的咖啡匙
搁在摊开的书页上

灯影投下一圈梦的光晕
我不想说话

闭上的眼睫
在感受
暮色中是否还有
咖啡的香息

婴儿渴望母亲的心跳
小孩渴望巧克力
就像
女人渴望爱情
男人渴望权力

壶里的咖啡烧开了
香味在蒸汽中弥漫
渴望
凝结成玻璃杯上的露珠

电脑边
有人站起
用银匙拌着
加了糖的奶啡

女校女生

女校女生
放学后喜欢串门
在武侠影视流行的年代
借妈妈和姐姐的妆奁
盘起发髻
握着树枝
模仿衣袂飘飘
舞剑的侠女

有时几个女孩
到斗门郊野庄园
泡泡温泉
在绿叶葱茏的蕉林
捉迷藏
穿过红泥杉树的小路
回到南朗的祖屋
吃姨婆烧的家乡菜

老家三灶的女同学
带大伙到黄金海岸
烧烤、钓鱼
踏着细细柔柔的白沙
以蓝天碧海为画板
以沙龙草[1]为笔
描绘斜阳

暑假的周末
到中山石岐
溜冰
打保龄
然后在夜风中的街头溜达
拱桥边月色如伞
撑在凉茶档上空
一人喝一碗五花茶

玩遍了珠海的泳场
跑去广州跟表姐学游泳
在天河附近的游泳池
妹妹们羡慕表姐高挑成熟的线条

偷偷议论表姐的男朋友
晚上睡在表姐的家里
一起看时装娱乐杂志
一起交流少女心事
回忆小学时候
有天课后在白鸽巢公园游玩
遇到几个“飞女”②
穿着低胸露脐背心
思想传统的女生
议论了几句
谁想到
“飞女”们追打过来
吓得我们落荒而逃

毕业季节
纪念册是刻满离愁的心电图
彼此约誓
我们像拳头
手指张开是离别
拳头紧握是相聚
永远有同一个掌心

我们是繁星
坐落夜空不同的经纬
相互凝视
相互辉映
永远有共同的引力场

注：① 港澳地区称芦苇为“沙龙草”。
② 粤语，指轻浮女子。

瑞士意象

我要画一幅静物画
不，是一幅风景画

在阿尔卑斯山脉的万古冰雪旁
画上夏天层层叠叠淹没繁花的绿
在亮蓝的天空
画上跟雪一样白的云
让人以为
山上的小屋
是云边的小屋

我要在路边画一张长木凳
坐在上面
画小鸟和雏菊的对话
画教堂钟响和溪流淙淙的音域
画牧羊犬追着自行车的足印
画火车汽笛驮着归人的笑纹
画四季更替的光束

我还要画高山湖深邃的静
画这面万物合一的镜子
把它画得很清澈
能够照见真理
照见
我灵魂的样子

威尼斯三重奏

蜿蜒的水道
桨声伴奏透亮的歌喉
贡多拉是世界男高音的摇篮

我在潮湿的空气里
寻找
安东尼奥欠债的忧愁
波西娅睿智的易装
还有莎士比亚多情的笔下
那一抹犹太商人的悲鸣

相距万里的国际赌场
米开朗琪罗的翻版壁画
印刷了南欧风情
贩卖文化和原始欲望

水都被文艺化再被娱乐化
威尼斯和威尼斯商人和威尼斯人
混淆了主角和替身

巴黎午后

几片马卡龙加一杯咖啡欧蕾
调和巴黎午后慵懒的阳光

最浪漫最华丽最优雅最性感
法兰西的语言文化
香榭丽舍大道两旁
写满春天最奢侈的词汇

微笑的蒙娜丽莎
睥睨天下浮沉
断臂的维纳斯
诠释残缺的完美

笛卡儿和罗丹
抽象和形象的思想者
年轻总统和他的第一夫人
颠覆了传统的想象力

小仲马白茶花的清新晨露
雨果的巴黎圣母院
和悲惨世界
曲终人散
基斯洛夫斯基永恒演绎
蓝白红的爱情美学
梧桐树下
飘着香奈儿五号的味道

巴塞罗那的路上

还是平日早餐吃的
鲜奶配牛角包
试试西班牙的风味

到城里闲逛也是惬意的
看广场鸽子啄食
消弭工作疲累

偌大的球场
一个三四岁的孩子在控球
国际球星原来是这样炼成的

百年圣家堂尚未竣工
早已列入世遗名录
旷世建筑埋下多少代人的血汗心力

列车朝郊区进发
车上婉拒了突然的搭讪
眼角惊现神秘的尾随者

中途下车转乘出租车
到达会议及住宿点惊魂未定
此后再不敢回返城区

美国校园生活印象

校园的小山坡
鸟鸣编写晨曦的音符
松鼠从树梢滑落
叼起云间的第一线阳光

一对青年夫妇在山边锻炼
身后肥肥的婴儿
坚持独自在山径爬行上坡
我感到新奇
美式教育
从婴儿呱呱坠地就知道
脱离母体后再不依靠父母
另一家可爱的小亨利
牙牙学语
首次见我就问
“Hi, are you happy?”
这个问话
已使我开心

班德教授邀请晚餐
闹市街区中的田园小别墅
窗外的花草
与一屋书香
凯撒沙拉
烤鸡腿
黑椒牛排
鲜牛油土豆泥
冰淇淋
汗水与诗意的烹饪
伉俪盛装设宴
教授女儿还奉上
她饭后必吃的巧克力
美式的日常
就像那大厅的木梯子
通向四壁的书架
随时可呷
心灵鸡汤

校园广场
有即兴演唱的学生乐队

还有涂满金漆的少女装扮雕像
投下钱币
表达了感谢和欣赏
在琳琅满目的书店
买了一幅临摹莫奈的睡莲图
周末的宿舍
买来土产的玉米、西红柿和青红萝卜
炖一锅猪骨汤
火候和材料都丝毫不减
就没法做出
粤式老火汤浓浓的滋味
我知道
我想家了

献给祖母

属于三月的雾早来了
像春天的泪腺
融化了
M城冬天的记忆

车流随着西湾大桥的波浪起伏
白色的M字门
在雾中徘徊
隐藏了通向天穹的路
东望洋山的晨曦
曾温煦如您慈爱的目光
如果这是阳光明媚的春日
我会从与白云接壤的圣门中窥探
在蓝天的荒漠中寻觅
您火鸟般的踪影

雾
是我融化了的思念

我不知道您躲在云的哪一层
雾中的主教山
是您童话故事中叙述的城堡
堤边的榕雀
会否衔来您柔和的嗓音

您在我的梦中徘徊
好像雾徘徊在
镜海的东岸和西岸
所有的景观
都在雾中
退场
还原一个
诗意的年代

我在梦中搁浅
寻找您雾中的微笑
冬天的雾中
旅游塔上的皓日
像童年您采给我的山茶花
凝着我洁白的思念

飞机上看云海

我们的船
越过满天云彩
阳光沉淀在你的眸子中
我沉醉于
一杯透明的柠檬水

宇宙垂下夜幕的流苏
月亮是阿拉丁神灯
星星燃亮人间所有的愿望
夜风化作你的呼吸
在我颤抖的手窝栖息

我们的船
越过银河
在时光的航道里
永不停下

谁把你当公主

在考前温习的时候
谁发来了短信
陪着你不睡觉
提醒你坚定地追求梦想

在下飞机的时候
谁迢迢赶来
捧着初秋的花束
绽放着风尘仆仆的微笑

在书吧的灯下
谁跟你谈论荷尔德林
谁翻开了海子的诗页
谁跟你同看基斯洛夫斯基的红蓝白三部曲

在月色满城的情人节
谁用自行车载你
哼着俄罗斯民歌

寻找那温馨的老莫斯科餐厅

在那段相聚如兰花开落的岁月
谁为你窗前的小草浇水
谁呵护你遗下的小猫
谁为你捡拾远游的诗囊

在你悲伤的时刻
谁用心窝
盛起了你无助的泪珠
谁借出了宽广的肩膀

在祭祖的节令
谁牵着你的手
向天祷告
要照顾你一辈子

在淅沥的雨中
谁为你撑伞
在你进门的瞬间
谁赶在前面

为你开门
在下楼的时候
谁总会记得
轻扶着你的腰

谁让你走进了童话
就是
心中把你当公主的那个人

你来了这个世界

你到底是怎个模样
是皱出父亲眉峰的弧度
还是抿成母亲唇边的笑意
你手上拉着丘比特的弓箭
脚踏哪吒的风火轮

扫描仪画不出你的顽皮
医生细数你的手指
母亲的心怀充作你的游乐场
医生嘱母亲多吃青色蔬果
孕育中的肥小宝已要减肥

共为一体的十个月
没有比这剧痛的一夜来得深刻
我从死亡的边缘回来
你在晨曦的光芒中诞生
你赤身依偎在母亲的胸口
仿佛听到我在旷野中对你呼唤

白衣天使为你沐浴
你在人间的河域中感悟饮水思源
你脚环上的名字
开始记录你足下的岁月
给你穿上婴儿袍
袈裟寓意纯净性善
那轻轻系着的衣带
象征了命运的束缚

你来了这个世界
为母亲带来了生命最大的光明
母亲将以永恒的爱
守护你踏上这人生的征程

你的小酒窝

带着初夏的阳光
带着小酒窝的浅笑
降临人间
你是欢乐的小天使

三个月已是天然吃货
你不用握着奶瓶也能喝奶
半岁的你
悄悄打开橱柜门
穿着婴儿袍
坐在厨房地板上
大口大口地喝维他奶

你对世界充满好奇
九个月就张嘴问话
迈步前进
你是小小男子汉
凡事自己动手
不要大人援助

你顽皮又正义
医生看出你在孕育时跳芭蕾舞
你誓不低头
吃软不吃硬
保护被人欺负的同学
帮助弱小的朋友

你是渴望爱的开心果
父母下班回家
你在门口迎接
仰头到大人肚脐的位置
张开双臂
如女婴一样甜蜜说
爸爸抱抱，妈妈抱抱

你豪气干云
好友遍天下
你喜欢唱梁博的我爱你中国
也唱葡语的法朵
你四岁就会吟诗：
在氹仔的海边
烟花是飘落的流星雨

你的小酒窝有
万有引力
吸引父母付出
所有心力

诗意澳大

一只白鹭
解开春的密码
三月的湖面
潋滟着鸭子游弋的弧度
城市的家庭
来到校园草坡野餐
天空的风筝
拴不住孩子们的梦想

树荫与笑声
是五月的光合作用
凤尾蕉掩饰水中游鱼的窃语
粉蝶和蜜蜂
在缤纷的繁花中撰写夏天的注脚
湖边的铜像
静静凝视
瞬变的晨昏

图书馆的阅读室
鸟瞰窗外秋景
在校园湖光山色的版图
看到历史的阡陌
澳门五百年
浓缩了五千年中华文明的基因
仰视苍穹
追踪雄鹰翱翔的姿势
在这珠江的尽头
飞向太平洋

冬季的节日
暖意洋溢的天才表演
多元文化足迹
黄、黑、白肤色
红色的血脉
书院是地球村
守护和平的生命树
澳大是伊甸园

晨曦和夕阳
霞辉流动的时光
半月湖的白鹭
在水草间梳理倒影
在沙洲漫步
在湖心岛的杉树林中
衔来徐志摩的诗笔
雕刻
满天的云彩

澳门的春天
——写在郑愁予诗歌讲座后

小城之春
温柔一如邓丽君的小调

雾起时
模糊了镜海渔女的眼睫
海水的防线隐去
春天的眼神
把海岸勾勒成一个迷失的弧度

清晨
一场雨
洒下一帘如水的思念
太阳未能卷走昨夜的暮色
窗外
飞鸟的游踪
扰乱了郑愁予诗行的韵脚

诗
属于诗人和读诗的人
就像
爱情
属于春天

氹仔的周末

月光铺满海岛的街道
竹帘挂着街灯温暖的笑语
茶坊瑟缩成一个绿色的小杯
珍珠奶茶的泡沫啜着周末的慵懒

夜色是使诗人沉船的海
把文字放逐到没有堤岸的孤岛
在啤酒杯悦耳的碰击中
记录一行星子的跫音

生活

生活
是失控的方向盘
驶过半岛的横街窄巷
高速公路
却搁浅在想象之海的边缘

生活
是趺坐在一口干涸的古井
透视欲穿的瞳孔
窥探摆渡的云影
蛇虫的步履
在岁月的缝隙中
蜿蜒着
窃窃私语

生活
是时间的手指
抚摸过信仰的蜘蛛网
蜘蛛

在网外
转动命运的发条
生活
是梦境背后
电视机患上的“非典型”白内障
男人把黑说成白
女人把白描成黑

生活
是没有缺口的圆
找不到开始
找不到结束

荷花节情思

当你从时间的烟云中
踏着舞步而来
是哪一朵莲花
最先舒展开
折叠的笑容

当你在夏夜的涟漪中
与清风共舞
是哪一朵莲花
起伏着
心动的节奏

当你在晨露的瞳孔中
倾听幽深处的诉说
是哪一朵莲花
用温暖的花香
缭绕
六月的心情

而当你
从时间的烟云中
踏着舞步而去
又是哪一朵莲花
最先蜷曲了
　　思
　念

我爱，爸爸！

让梦遮蔽眼睛
让历史烧灼眼球
让命运在大脑皮层刺青

眉峰　曾耸峙过年轻的疏狂
两颊　仍刻画了时代的忧患
漂泊　是生平的唯一注释
浪荡　是无奈的缪斯境界

扳开您的大手
掌纹有您迂回的记录
漠北风沙呼啸着您放牧的歌声
江南烟雨凋零了您早熟的爱情

结一个厚重的茧
象征您丰收的喜悦
或埋藏您失落的感伤

让岁月晒黑肌肤
让汗滴换取阳光
让我每个冬季都不会感到寒冷

撒一张鱼尾纹的网
为我搜罗海底珍奇
织造一袭鱼公主的衣裳
使我永远都披着您的梦和理想

捋两鬓银丝
用黛色青春研写我童话的生活
爸爸　我想告诉您
您的故事
是我所浏览过最美丽的传奇

爸爸　要为您画一幅肖像
我必须站得远远的
怕走得太近
我的视线只看到一个爱字

忆母亲

当鸣笛撩起孤烟
列车便延展一路的远念
我是你沉思的身影
你是我最想缩短的距离

我欲撑一管芦苇
靠向你漂泊的心岸
与你偃仰的情怀一起鼓动
虽然你的旅途不设驿站
虽然你的跋涉不留声息
我总想攀萝蔓的垂鬟
绕过那流沙涧石的野径
揣度你暂未命名的足迹

听说长夜还在延续一则未完的故事
请风化作我的羽翅
驮我往返梦土的某片角落
在紫丁香的落英里
拾起你最后回眸的一笑

心往
——致母亲

为寻觅一首失传的调子
我摇桨捣碎一江碧琉璃
划到那涟漪消失的界线
我知道
这就是我要停泊的津渡

折叠一束想念
系在季候鸟远飞的翅上
当你涉足于水纹和云纹之间
采撷一行人字的啁啾
你会明白
我的目光
是一艘遗失方向的船
在你烟迷雾幻的心海
不懂回航

如果岁月的河流从此干涸
如果从北极到南极的距离只等于零

我便可以
载你横渡星河的尽处
撑向永恒

行李箱

折叠祝福
折叠今夜的微笑
折叠东方的星群和圆月
放进行囊内
是我一箱子的爱

你回来
带着一路的行色匆匆
带着大西洋的风
带着格林威治村的书卷味
带着宿舍窗外
禾雀和小松鼠的晨鸣
带着贴满箱子的
一枚枚思念的标签

理想

理想在寒流的纷袭中
颤抖成冬风深沉的歌谣

听说冰原尽头有一个名叫遗忘的国度
理想的定义是一只火鸟
烧熔了整个冬季的天空
然而这个命题一直无人证实
最后编入了欧几里得悬念的档案
就像海平线上的帆
渐渐隐失

冬天
当理想的躯壳在寒流中遇溺
那个遗忘的国度里
有一颗心被火鸟烧成灰烬
我终于明白
伤心的演绎没有逻辑

巴士站

一个没有太阳的下午
云朵从你的伞边滑落
我用视线把它们拾起
挂在你思念的天空

你曾守候一个小小的站牌
为了履行一个意外的承诺
我也变成一个小小的站牌
为了守候你的走过

无锡蠡园

飞檐倒卷半帘幽梦
回廊转述一湖烟雨
我踩碎几行平仄不协的音阶
从唐诗的海岸线走来
造访浣纱的越女

你温柔地请我
别再谱写月华的苍白
因你明灭的心韵
是长堤上欲开未开的梅

我说
王维的笔画勾勒不出你的轮廓
你也是抱着琵琶放歌的征女
你说
冬寒料峭
春不必泛到綦毋潜的若耶溪
或许今夜
你会簪范子的璎珞
漫舟我思海的边缘

日月潭

是后羿羽箭阵下幸存的火鸟
与神话的窑炉热恋半生
当一切都灼成灰烬
仅余的轮廓
便冷却为一幅液态的泼墨风景

维纳斯晃动断臂
将姮娥幽思的侧面
雕成一枚冰质的章石
透过某个光环七种颜色的折射
可以拓出一树桂花的开落

第十八颗珠子滑落的回响

题记： 眉梢究竟纠结着谁人的梦想？
染色体里又复制了什么奥秘？

当生存的渴望初次由喉咙呼出
命运之页又增添了一个谜
在发现心灵的嘶鸣
与某种节奏相合
血管便感受着遗传者的激动

由手足并爬的日子开始
脑神经便被解说为一种定义
在指缝中或发眉中
诠释介于弗洛伊德的或不弗洛伊德的规律
对缪斯钟情之后
要把生命写成诗
便是一个永恒的主题
偶然翻阅创世主编撰的剧本

总慨叹人生有太多枝叶
同是XYZ构架的舞台
竟交错着n个不同的故事
既是相同的结局
何须配备过多的道具
恣意撷一个弥尔顿式的观念
想披一蓑风雨啸傲江湖
想战争之河不再流动
想饥饿的嘴唇绽放温饱的微笑
想孔夫子与耶和华的语言融合

思索了一个季节又一个季节
笔尖从梦的起点转到梦的终点
稚念刚从视线隐没
向往又在心田生根

用盼望缀一颗流星向远方投递
此刻
生命进行曲又敲起了另一章

日记

麻木于时钟的拖沓
细数太阳的路程
揉碎从指缝溜出的日子
让一种半虚伪的感动
粉饰剥落的岁月

岁月的画版并未泛黄
但内容却很苍老
它记述孩提发霉的片断
也冰冻了少年青涩的热情
每一缕梦幻
都凝固于句末的圆点
每一瓣颦笑
总枯萎于生命的叹息

仰望长者的鼻息
永远只呼出沉重的嘶喊

倦于生命这坛掺水的酒
想紧闭心事的眼皮
无意再测试人生的酸咸度
不想让细胞再作世纪末的挣扎
然而红色的血管中
流动的始终是黄皮肤的忠魂

写于十三岁

◎社会系列

致逆境中的青少年
——写在几宗青少年自杀新闻后

这些城市失明
没有一盏小小的灯
让孩子们看清前路
在幽暗的绝境
迷路的孩子如果知道
万丈深渊
是一个更黑暗的选择
不归路
没有回头的可能
青春的小树就不会枯萎

生活
是不见尽头的单程车
有四季如春的平原

花香鸟语的叮咛
有热带雨林
贪婪的鳄吻和嫉妒的蛇齿
有崇山峻岭
嗜血如狂的狮虎豺狼
生活
是一个斗兽场
孩子们要披上保护的战衣

天真的孩子
期待阳光灿烂的乐园
渴望呼吸甜蜜的空气
提前结束游戏
因为发现
生命是不能承受的重厄

善良的孩子
有远离痛苦的自由
有免于忧愁的自由
有直面丑恶的自由
有寻找幸福的自由

脆弱的灵魂
要装备勇敢的矛和戟
向死亡说不
向侵犯的坏人说 #MeToo

挫折
是智者探索思考深度的进程
磨难
是仁者磨砺心灵宽度的涅槃
别人的嘲笑
是智慧的匮乏
别人的白眼
是灵思的视障
如果暴风吹着你
你就逆风而行
如果黑夜笼罩着你
你就向星空借来光明
用你的忍耐和拼搏
告诉世界
你不属于短暂的当下
你属于辉煌的未来

移民

你大概来自沙原
因为你碳化的肌理有温室效应过敏的记录
你或许还未适应这个城市的季候
因为你的行囊总泄露一点沧桑的曙色
你可能还带着一丝泥土色的乡愁
因为你透明的瞳仁总交叠着你不透明的视力
你看来患了这个年代的瘟热
因为你的表皮总烙上一片芝加哥T恤的纹身
或马田博士皮革的谶语

你说你丢掉了回航的舆图
因此不得不在陌生的地域凝固成一则景观
你说你要在那千句眇目的诗行中寻找归家的路
因此不得不低头咀嚼异族的文化

你说流动的历史是一条河
你要在这涟漪间感受颤动的美丽
你说你是无眠的星子
要在黑夜中搜罗生活的光线

你说你岁月的翅膀已经僵硬
梦想的塑像还未雕琢就已碎烂
你说你为了防御缪斯的泪腺泛滥
就认为那不死的童话是后现代的绝症
你说你的想象没有逻辑
因为你总不自觉地站在那个迷失的角度

赫本，你在做你自己

《罗马假日》
瑰丽殿堂里
仪态万方的公主
罗马街头
天真顽皮的女孩
你轻颦浅笑
牵动人心
不管本色或演技
世人愿为你
加冕皇冠

《蒂凡尼早餐》
露臂的天鹅黑小礼服
夸张的珍珠串项链
蜂窝发髻
还有你差点引起火灾的细长烟斗
普通的套头高领羊毛衣

惺惺作态的黑框太阳眼镜
都成了百年时尚指标

你心如赤子
飘逸出尘
又或成熟世故
温柔坚定
电影和现实
不同角色
每种身份
都注册了你的美丽与哀愁
世人爱你
因为
赫本，你在做你自己

联合国爱心大使不是传奇
你曾盘膝在货运飞机的米袋上
日夜兼程
抵达战火蹂躏的索马里
贫瘠土地上只有饥荒、传染病
和大批饿死儿童的尸体

你抱着骨瘦如柴的瘫痪儿童
泪流满面
你多年奔走呼吁
救助第三世界儿童
没人知道你是著名影星
就像你
不曾告诉儿子
你璀璨的故事
你不想个人成为焦点
却让索马里的难民儿童
获得举世关注

中学时
你的善行
使我想到南丁格尔和德兰修女
还有无数无名行善的人
我和女同学梦想
成年后做修女到非洲帮助战地孤儿

大学毕业后
女同学从你短发的照片

忆起我眉梢的倔强
把你的照片送我
我把这照片连原木框放在办公案头
在你的眼睛里
我读到了执着
后来　把这照片
转赠我挚爱的人
他放在工作案头

再看你的照片
记起中学时的梦想
如果天不常蔚蓝
如果花不常开
战火也会有一天停息吗

历史档案中的小城山水

（一）

雅廉访别墅群的红瓦
高士德路边老榕的绿叶
凋零成
六十年代怀旧明信片上
尘封的邮戳

西湾三轮车的辙痕
跋涉过岁月
长堤上风浪的故事
蜿蜒成
小城现代化内存中
不能读取的档案

（二）

黑脸琵鹭在金色的鸟笼中患了失语症
少女的高跟鞋跌入了碎石子路砌成的角子机

钢筋水泥敲响着国际都会不眠的摇滚乐
青春的草皮在太阳黑子的面膜下以光速萎缩
铁达尼号的化石追踪着诺亚方舟蓝色的水纹[①]

诗人在鱼骨天线的行吟中寻找历史的绿洲
灯塔在南隅的湖底勾起沙漠化的海岸线
钓鱼的老者吻别金观音的脚趾
妈祖娘娘的户籍从海上移民深山
星子们在木麻黄的防风林中守候海涛的喃语

（三）

飘落的洋紫荆
是小城的春季
我复制着祖母失落了的
舆图
流浪

渡船街早已没有渡船
圣心女中的木棉　是否
又开了新枝

北安湾的风依然呼啸
大学山上的小径埋着
数不尽的黄昏

那萦回在童年梦中的景色
是没法着色的草稿
梵谷的画笔蘸着蓝与绿的乡愁
而岸边
只剩下那剪开了夕阳的一尾沙龙草

注：①“铁达尼号”为泰坦尼克号的粤语译名。

妈阁庙的凤凰花

五月是凤凰花的季节
凤凰花是春天的火种
被冬天借去
酝酿了一个季节
蔓延
成灾

雨后
凤凰花的城市
相思羽化成千树万树的火鸟
火鸟　焚身
化成一场逐日的梦
在南方庙旁的海水中被遗忘

凤凰花的落瓣
是思念的伤口
多少年后

在追风逐浪的漂流瓶中
锁着
关于海的童话

竹湾

竹湾
并无竹
却围一片绿
怒涛泣诉
神州数千载沧桑
渔村几百年荒芜

伫立的岩石
是补天遗迹
盘古失落的臼齿
不再碾碎历史残屑

浮沙咆哮
乘风而舞
与浪为敌
要摆脱岁月的囚禁

晨曦中
海鸥又叼来
一线
希望

写于十三岁

铁达尼号

这一滴海的眼泪
他为她系上
是解不开的心锁
紧扣他在冰海中停顿的呼吸

当岁月老去
她纵身跳下
与这一滴美丽无匹的液化记忆
回归大海

雷雨

月亮哭红了眼睛
星星垂着惨白的泪
暴风吻着海水黑色的嘴唇
惊鸟给树梢削出夜的剪影

黑夜突然裂成碎片
地球跌进闪电的缝隙
张徨中
所有角色
在沙漏的旋涡里
消失无踪

而岁月
依然给大地
描写履历

张爱玲的画像

当她的瞳孔
干涸成撒哈拉的沙砾轮廓
他绿洲般的眼波是她的渴望
她以为穿上了灰姑娘的水晶鞋子
跨进了幸福的门槛
幸福的门牌却是梦呓的代号
她在代号的世界里代进了自己

低到尘埃里的她
仰望
他伸开的双臂如候鸟的翅膀
抖下了各个驿站的风景
风起的时候
他又启动了流浪的程式
他飞翔的姿势
是她永远无法圆梦的拼图

当她的梦下陷成创世纪的峡谷
在海市蜃楼的世界里
她画了很多画像
在画像里她看不到自己
只看到画布上满满写着的
各种爱情的呓语

现实

一颗种子
在春天萌芽
含苞未放
又在春天中凋零了

歧途少年

鸟是空中的鱼
在云海中航行
摆渡白云
勾勒蓝天的微笑
挥霍晨曦与夕阳

月亮是没有方向的罗盘
抚吻鸟自由的翅膀
森林撒开了渔网
在黑色的深谷中
鸟忽然死去
剩下一行飞扬的印记
挂着星星歪歪斜斜的泪滴

暗角

（一）

暮色笼罩的一隅
上帝变一下戏法
满街灯火是永不落的烟花
九霄也响起了笙歌
浓妆女子伴着豪客
命运的轮盘转了又转
无人知道扑克将开什么牌
众生押下赌注
谁赢了
就是英雄

（二）

在那些爱情的角子机里
投机女子每一次投注
计算最大的回报
就是撒网

等待
那些白花花的爱情
好像银子
白花花地
从角子机涌出
滚了一地

（三）

当文学失语
金钱就是话语权
尊严列入古籍里的文化遗产
哲学由生存现状重新定义
后现代是
没有情人的情人
没有妻子的丈夫
没有丈夫的妻子
没有人性的兽

八十年代一位图书馆员的素描

呷一口西洋蜜
掩埋民族创痛
剔一下牙缝
生存理论是满嘴残渣

黑镜框歪曲视野
图书馆文化不是图书
白衣领藏垢色秘密
欲望号渡轮是洋籍护照加外币

铜马蹄下不敢稍违的铁律
在历史的渡口弃置尊严
在黑眼睛面前翻裂眼白
在白皮肤背后摆断尾巴

哈巴族的故事
是一出争骨头的戏
这黄色地平线上突起的脓疮
早晚会连根拔起

展览

展览
绘画或书法或雕塑或摄影
静静的展品或其他意义
由零趋向无限

躺着的与站着的
静静地调换了位置
重新挂上的或陈列的
出售的或收买的或其他等
先是哈啰幸会素仰久违
后是天气旧谊时事经济
以至个人伟论他人私隐

展览的和观展的都在同一条平行线
到底谁才是旁观者

拾荒者自白

跟跄的跫音
敲醒沉睡的心帷
长街短巷的尽头
有无数握破钵的手
乞讨命运的慰藉

没抱怨上天不公
造物主赐予太多馈赠
木头车的辙痕
脊骨的弧度
可以掂量废物箱内的珍奇

名字和身世
是远古的记录
或许佝偻的传记
可以印证半个世纪的荒芜

我是续梦的人
习惯为每件事物
寻找一个圆满的归宿
即使无力于自己的结局

继续探测风雨的季候
适应天涯海角的温度
不会向任何部门投诉
我已然相信
当一个环保者值得自豪

写于十五岁

索马里人的哀歌
——致该国濒死的数百万灾民

如果命运给我选择
我渴望在生活的黑洞
可以窥见一丝慰藉的天空
如果历史让我编撰
我要串连一个民族的泪滴
洗刷战争之页的血渍腥膻

纤维酶是否牛羊体内的专利
用进废退学说是否永恒的真理
我嚼去旱土上几根寥落的青色
创世主的神力得到证实
一切荒谬变为奇迹

黑皮肤下的瘦骨可以趔趄八公里
为点水粒米龃龉抢夺
对于烤面包的香味
我已遗忘了几个世纪

饥饿的魂魄
不再执着于一块哀挽的遮羞布
生命赤裸地来
也就赤裸而去
人们的尊严
早已抖落在阿波罗和好战者的毒戟之下

太阳撕裂土地又撕裂眼睛
河流干涸梦想也干涸
如果我是普罗米修斯[①]
我要挪走宙斯的烈焰
对抗塔纳托斯[②]的凶残

注：① 古希腊神话中，普罗米修斯创造了人类，并为人类盗取宙斯的天火。
② 塔纳托斯为古希腊神话中的死神。

孩子的希望

要盼候多少个朝夕
荷锄的肩才可驮上书囊
卸下一钩弯月
弄墨的手
也能跟割稻一般灵动

黝黝的眉额
过早地雕凿了风雨
请在我蓬荜的视野
拓一扇小小的窗户
让我凭借萤火虫的颤动
饱览苦读的甘饴

青藤搭造的茅舍
盛载太多梦幻
我希望在篱边植两行幽竹
牵落霞归来
教小犊诵念几遍

刘禹锡的陋室铭
当我穿梭于时空的阡陌
请交给我一章肖邦的琴谱
我要向你弹奏
我赤子的心曲

卷二

古典诗词

◎绝

澳门八景组诗

一、镜海长虹

远岫浮云淡，
澄波濯翠薇。
长虹天际落，
日暮海鸥飞。

二、灯塔松涛

一灯凌绝顶，
电照夜魑惊。
曙色萌松际，
风吹万壑鸣。

三、普济寻幽

听禅持贝叶，
幽竹净尘心。
连理多情树，
双栖有彩禽。

四、妈阁紫烟

凌波规正觉，
名刹紫烟晴。
信是灵菩护，
年年镜海平。

五、卢园探胜

曲径吟风竹，
流泉荡冷香。
湖心传鸭语，
梅影隐高墙。

六、三巴圣迹

历劫成奇迹，
无端宿乱鸦。
洋僧何处去？
残壁夕阳斜。

七、黑沙踏浪

彩帆乘浪去，

贝壳逐沙还。

极目蓝天阔，

心随水鸟闲。

八、龙环葡韵

素羽翔天畔，

红林伫海崖。

湾圆洋墅静，

葡韵美如诗。

题仕女图

月魄冰魂不易逢，
珠帘卷处想娇容。
黛眉深锁春心远，
愁在湖波怨在风。

澳大春景

青春庭院胜康桥，
岸芷汀兰粉蝶娇。
放眼长空云过处，
沙鸥点点戏江湖。

春雨澳大

轻寒细雨洗征尘，
琴海环山草木新。
诗笔有情天未老，
满园花语又逢春。

澳大踏青

闹市倦尘喧，
扁舟觅野村。
鸟鸣天际落，
琴海有桃源。

中秋忆北大

勺园秋兴入诗笺，

镜海金风待月圆。

犹忆同窗青涩梦，

天涯岁岁共婵娟。

静夜读诗

明月出天山，
诗思万里关。
灵均偕李杜，
亘古照人间。

观月

镜海萌秋色，
玉关雁字还。
嫦娥应不悔，
皓月满人间。[①]

注：① 化自唐诗“嫦娥应悔偷灵药，碧海青天夜夜心。”（李商隐《嫦娥》）

咏月

莲岛烟花雨，
蟾宫桂子新。
天涯同此夜，
明月最相亲。

亚欧二洲五国行十首

一、夜抵新加坡

孟冬辞澳赴狮城，
星岛华灯烁万星。
人在海涯舒远望，
心潮澎湃立苍冥。

二、参加吉隆坡亚洲新世纪妇女领袖盛会

马京郊外草青青，
巾帼欣欣萃百英。
迎战当前新世纪，
胸中不禁涌豪情。

三、曼谷高等教育研讨会后观泰民族舞

探研高教获新知，
皇后园林赏舞姿。
最是水门公主美，
彩冠璀璨月明时。

四、菩萨蛮 · 曼谷观泰国水灯节

满河灯彩流华梦，清波淡荡随风送。莲叶做灯船，鲜花巧缀妍。

水灯争弄影，天月圆投镜。祈福万家忙，花飘两岸香。

五、经瑞士苏黎世转机赴西班牙巴塞罗那

星灯点点拂银机，振翼初升曙色微。
碧水蜿蜒观下界，红霞翻涌掬斜晖。
非因路远心能阻，但愿功成志未违。
横越雪山千万里，广寒近月不胜衣。

六、参加联合国教科文中心专家会议

巴塞罗那盛会隆，
满堂翘楚沐春风。
江山堪羡才人出，
折桂蟾宫路可通。

七、游巴塞罗那水族世界

彩艳缤纷万类丰，
遨游海底水晶宫。
擦肩惊遇狂鲨过，
鳞目珊礁尽此中。

八、参观毕加索博物馆

大师一去廿余年，
抽象流风艺远传。
为吊遗踪来古巷，
画家献技学先贤。

九、巴塞罗那小览

大城处处塑青铜，
遗世浮雕立古宫。
万木严冬犹郁勃，
恰如艺苑色葱葱。

十、回泰国教科文组织办事处工作，并访朱拉隆功大学

亚太多才亦比欧，
归来曼谷豁双眸。
最高学府邀清兴，
硕士陪游说愿猷。

游哥伦比亚大学

舍宇堂皇且富华，
此身原是属皇家。
我为过客翩然过，
校史犹超国运遐。[①]

注：① 位于纽约之哥伦比亚大学原为皇家学院，建于1754年，而美利坚合众国则建于1776年。

情系钓鱼岛

盈盈菊盏玉簪秋，
钓岛烽烟惹客愁。
脉脉濠江生皓月，
清辉愿掬固金瓯。

闻台湾台风消息

魍魉台风怅未平，

袭台骇浪破天惊。

莲城福地缘莲茎，

月出林梢分外明。

澳门公职人员政协班赴京学习

其一

万树桃花待破冰，
京华一月雨初晴。
莲城公仆蒙邀学，
文院研修习国情。

其二

名师授课学无涯，
赤子虚怀志可嘉。
法制经文多韬略，
和谐善治振中华。

注：“澳门特区公职人员政协委员北京研习班”于2011年1月在北京中华文化学院举行。

重游兰亭有感

白鹅影臬然，
歌伎换前贤。
怅问兰亭竹，
流觞韵已迁？[①]

注：① 绍兴兰亭中曲水流觞景点本为晋代群贤雅集、把酒赋诗之地，游人每临此景，当可感受前贤一觞一咏、游目骋怀的幽情雅韵。然此次重游，竟见景点已被圈作歌伎收费演出之所。

答谢学长领游京华北海公园

秋寒北海柳凝烟，
翠羽轻歌豆蔻边。
仰望南天呈紫气，
风骚文史仰时贤。

敬题叶嘉莹教授
《独陪明月看荷花》诗词选

赓唐逐宋亦风流，
长播诗声遍九州。
明月还乡思报国，
荷花仙女志方遒。

敬和易行老师四首

一

幸会诗朋但觉迟，
风神儒雅似相知。
京华镜海迢迢路，
古韵新声出好诗。

二

五洲四海虽遥隔，
热土情深念若何。
俱喜中华今鼎盛，
炎黄赤子共讴歌。

三

旧雨新知多卓识，
讲坛共论少陵诗。
近闻北国连天雪，
想见琼花百万枝。

四

中华自古称诗国，
研杜今齐细切磋。
远送一千三百载，
长江后浪未嫌多。

怀屈子

一卷离骚万古愁，
芝兰九畹未忘忧。
世人皆佩忠魂烈，
端午千江赛渡舟。

咏端午

粽艾飘香五月天，
龙舟叠鼓渡晴川。
诗骚修远怀湘水，
濠镜长吟爱国篇。

贺双庆

廿载芙蓉映碧天，
七旬壮岁正华年。
汗青当记今双庆，
禹甸腾飞喜万千。

贺澳门特别行政区成立十七周年

松蠁青青旭日红，
濠江水静映芙蓉。
珠还合浦新天地，
四海归心咏大同。

贺中国福利会成立八十周年①

日寇侵华遍野哀，
同盟卫国育英才。
情牵妇幼弘真爱，
坚守初心缔未来。

注：① 中国福利会由国家名誉主席宋庆龄女士于1938年6月14日在香港创建。其前身为保卫中国同盟，1950年8月改名为中国福利会，重点在妇幼保健卫生、少年儿童文化教育福利方面。改革开放以来，其服务板块不断拓展，涵盖了妇幼保健、学前教育、学校教育、校外教育、儿童文化、老年福利等，在国内外产生了广泛影响。中国福利会于2018年11月29日在香港举办“不忘初心，缔造未来”纪念中国福利会成立80周年招待会。

赠中央芭蕾舞团冯英团长

霓裳玉羽影翩跹，
月殿姮娥拟比肩。
巾帼英姿彰大雅，
犹思千里赠清泉。[①]

注：① 2017年8月澳门遭遇天鸽风灾时，目睹灾情严峻，余尝与冯英团长提及，冯团长即慨然相助，自北京快递1000箱（共28000瓶）矿泉水，赠予澳门有需要之民众。

贺骆一凡医生再获国际恩德斯奖

兰心蕙质女华佗，
微创深窥重产科。[①]
镜海悬壶钦济世，
寰中饮誉治沉疴。

注：①“微创深窥”指医疗方式。

咏学联成立六十周年

鸿鹄常怀爱国心，
学联桃李渐成林。
同歌甲子青春路，
薪火长传盛世音。

贺澳门日报金禧报庆

半纪如虹镜海天，
东风桃李润无言。
长思鲁迅携琴剑，
直笔春秋落砚田。

贺梁披云先生荣获澳门大学荣誉文学博士

镜海诗坛喜讯传，
荣膺博士有高贤。
慈颜但似三春日，
博学皆钦不老仙。

咏中秋夜与濠江中学萌芽社讲诗词

名校巍峨赤子思，
江山风雅露华滋。
谈文论艺中秋夜，
朵朵新芽盛世诗。

记澳门濠江中学、新会平山小学艺术交流活动

会城初夏访平山，
百载风云不畏艰。
翰墨相传同筑梦，
青春学子逐开颜。

贺濠江师生校友暨景堂图书馆李文象墨宝联展

莲城展后到葵城，
一路风光雨转晴。
冠盖菁苗欣雅集，
兰亭翰墨写嘤鸣。

咏澳门旅游塔
“诗文书画——刘斯奋艺术综合展”

诗礼传家翰墨缘，

多才世代尽高贤。

蜚声宇内秦淮柳，

澳塔摩云邀画笺。

贺逸情濠上
——蜀澳书法篆刻交流展

震后三年雨渐晴，
汶川风骨动莲城。
逸情书印邀濠上，
把盏挥毫缔雅盟。

贺颐园书画展

颐园盛世启华笺，
半纪星罗艺海贤。
遥想英雄生妙笔，
今犹红透岭南天。

注：颐园雅集始于1954年。

贺连家生先生澳门从艺三十年图片诗文书法展

笔落龙腾魏晋风，
中西文艺尽藏胸。
卅年镜海诗书路，
侠骨遒劲气自雄。

贺溪山风雅
——珠海东莞东城诗联书法展

乍雨还晴过北关，
流觞曲水在溪山。
青春翰墨传风雅，
笑语书香不愿还。

广东三水诗社三十周年志庆

侨乡三水亦诗乡，
翰墨风骚誉远扬。
盛典今逢三十载，
喜吟新句颂芬芳。

贺沙溪诗社成立十周年庆典
暨《沙溪诗词选》首发

一车朝露赴华筵，
香满沙溪百卉鲜。
十载成林怀李杜，
诗词薪火喜相传。

澳门世遗景点诗书画摄影集雅赏

彩墨诗书倩影留，
世遗美景不胜收。
几番风雨应归去，
四百春秋豁远眸。

咏虎年

风霜如梦杳烟尘，

稚虎回时草木春。

桃李无言香两岸，

年年江水伴星辰。

咏马年

春风瑞气洗霾尘，
骏马登程禹甸新。
甲午烟云垂警训，
同心圆梦力千钧。

咏猴年

降魔伏怪美猴王，
嫉恶如仇历劫霜。
终取真经成正果，
丰年吉兆铸辉煌。

咏猪年

天蓬貌笨性温良，
除怪降魔送吉祥。
玉宇春回呈紫气，
共祈桑梓庆丰穰。

咏羊年

春风吹渡玉羊来，

九畹芝兰次第开。

瑞气氤氲消块垒，

素心皎洁荡尘埃。

夜饮

风吹夜雪未徘徊，
九畹芝兰待剪裁。
清曲新醅歌永昼，
山河岁月两无猜。

元宵节

彩雾氤氲不夜天，
千星闪烁万灯燃。
人生最乐逢佳节，
月满濠江好放船。

◎律

相思

未名烟柳忆千条，各自天涯望鹊桥。
星眼有情传客恨，月钩无力惹魂销。
暗将红豆春时撷，待把青蛾镜里描。
天上梦圆人寂寂，凭栏对影伫清宵。

咏七夕

一桥鹊架月舒眉，弄巧纤云缈万丝。
如水清柔应目语，似花初绽是心期。
星河有约轻生死，王母无缘擘爱痴。
最待一年方一聚，为将梦里慰相思。

遥思故乡开平碉楼群[1]

连月违和觉倦慵，春游惜未得相从。
碉楼亟盼魂能绕，玉苑犹思梦可通。
绿野待裁诗卷里，青山冀纳画囊中。
已闻自力心方醉，何日更临马降龙？

注：① 开平现存碉楼1800多座，2007年6月列入世界文化遗产名录。其中以自力村与马降龙碉楼群最负盛名，被《中国国家地理》选为“广东最美的地方”之一。立园则为一中西合璧风格之华侨名园。

咏岗顶前地[①]

为寻欧陆韵，春上磨盘山。
剧院怜空寂，歌琴或未闲？
神随蝴蝶去，心逐海天还。
深树藏幽梦，修徒漫启关。

注：① 岗顶剧院曾作名歌剧《蝴蝶夫人》亚洲首演。

咏兰诗二首

一、　种得兰花初开

细意勤调护，幽兰报我开。
素心真玉洁，芳息是香来。
王者怀先圣，骚人仰楚才。
新阳欣早到，悄悄上高台。

二、　种得兰花又开

尽注心头爱，幽兰喜复开。
相期蜂未至，却见蝶飞来。
静坐香弥逸，凝思觉有才。
千丝待裁剪，好句闪灵台。

抒怀

大宇多奇气，英雌亦可钦。

木兰时在颂，蔡琰每兴吟。

为有王香志，常怀报国心。

中宵观镜海，皓月入风襟。

青藏铁路通车感赋

绝域通天路，荒原万里云。
烈阳常灼灼，大雪每纷纷。
野旷人何罕，天高雁不群。
从今连一脉，藏汉再难分。

南海主权非法仲裁感赋

贪天美帝乱行棋，菲日同谋乐不疲。
领海磋商藏险局，裁庭非法现虚词。
古称涨海司秦汉，史实如山辨虎狸。
誓保金瓯儿女志，黄沙千里聚雄师！

癸巳重九北京诗会[1]寄兴

九月燕山序已霜，兴吟红叶醉重阳。
大家卓识钦高论，晚辈虚心献短章。
辞赋根源深且厚，诗经血脉广而长。
中华文化传薪久，拓土开疆正未央。

注：① “北京诗会”指由中央文史研究馆主办、中华诗词研究院承办之“雅韵山河”，有当代中华诗词学术研讨会、重阳诗会、中华诗词吟诵理论研讨会、诗词名家进校园等系列活动。

中华诗词学会全国会员大会奉呈诸贤达

蝉鸣辞镜海，挹韵赴京华。
有幸参诗彦，随缘梦笔花。
云蒸扬大雅，旌动映明霞。
愿得赓唐宋，诗帆遍海涯。

咏宜昌第五届中国诗歌节兼怀屈子

如梦烟波楚地秋，灵均故里喜初游。
诗骚风骨千年颂，社稷民生万代修。
高峡平湖簪晓月，奇峰幽涧荡仙流。
夷陵天泽长相忆，大雅清音咏九州。

缅怀诗圣杜甫

干戈烽起难当头，挈妇将雏不尽愁。
落魄江湖身渐老，致君尧舜愿难酬。
已钦诗律群公问，最感心怀赤子忧。
茅屋秋风思广厦，流芳更在万千秋。

贺荆州首届中华诗人节

中华盛节喜弘扬，海内诗人共举觞。
万古悲风怀屈子，荆州大典聚端阳。
离骚可续诗经句，辞赋终归韵律章。
文化神州应自信，泱泱诗国寿无疆。

贺兔年，敬和沈鹏、周笃文诸诗家新岁联吟录

玉兔报春新气象，嫦娥访月广寒图。
腊梅吐艳天风正，木芍飘香国色殊。
禹甸每观心自放，诗田常灌笔难芜。
濠江日暖祈淮北，雨润花开胜丽都。

注：周笃文老先生日前来函，曰关东诗阵元辰刊发沈鹏、周笃文、张岳琦、张福有诸公联句开岁诗不足一月已收和作三百首，点击者逾万人，并嘱余和之以襄盛举，故欣然奉命赓和，兼祈愿淮北旱情好转。

附：辛卯开岁诗家联唱录

兔毫落墨三江水，国事开春八阵图。（沈　鹏）

日月经天黄道正，参商得所赤星殊。（周笃文）

抟云直扫高峰雪，移海能清大漠芜。（张福有）

一派煦和昭万象，诗情豪气满神都。（张岳琦）

贺龙年

天兔逐寒隐月宫，东方拂晓跃神龙。
江南水暖莺啼婉，塞北冰融马步雄。
两岸共赢民福祉，九州同庆国昌隆。
烟花爆竹迎新岁，莲岛春风笑语浓。

初秋出席全国青联十一届全委会有感

迢迢镜海赴京城，闪烁星堂四地英。
共议神州兴伟业，齐思史页谱新声。
青春万里驰云翮，风雪千年劈乱荆。
华夏天酬欣盛世，放歌两岸诉衷情。

盛夏澳门地区全国青联委员
考察福建海西发展

凉雨飘潇到福州，精英荟萃喜偕游。
平潭军港修商艇，南靖穹庐聚土楼。
鹭语厦门通海峡，琴声鼓浪荡轻舟。
群俦皆是青青树，共向海西抒壮猷。

春赴杭州参加政协会议

春花三月美，最美是杭州。
蚝海抛尘事，钱塘作胜游。
二堤苏白绩，万象庶民猷。
众策皆争献，诚应奉一筹。

祖国颂

国以民为本，春秋大义明。
黎元尊孔孟，普世庆清平。
两岸皆同祖，千山一样情。
共圆中国梦，丽日映鹏程。

中国梦

一带飞扬成一路，丝绸海上复绵延。
炎黄喜谱环球曲，黎庶同书祖国篇。
万马奔腾迎旭日，千舟竞发奏新弦。
亦诗亦画桃源梦，禹甸雄心共着鞭。

赠同济慈善会曹其真主席

莲峰呈瑞气，天赋木兰姿。
博学精多语，雄才献盛时。
常怀报国志，向有济民思。
法为苍生立，甘霖润万枝。

青春寄语
——写在五四青年节

壮丽青春节，精忠耀北辰。
强民思爱国，科学旨求真。
草木春春发，人文日日新。
哲贤留寄语，赤子自当珍。

贺神舟六号航天飞船成功返航

彩焰腾霄汉，神舟返地骄。
尧疆欣共舞，普世誉同翘。
振国宏图展，航天远景韶。
嫦娥今有约，登月梦非遥。

咏神舟九号飞船成功升空

戈壁苍茫甚，飞船射酒泉。
全球皆仰望，举国尽情牵。
金焰腾遥宇，神舟越大千。
天宫今对接，登月梦终圆。

神十巡天咏

焰火腾龙映日红，酒泉飞箭射遥空。
神舟两度天宫接，航太三英举世崇。
宇宙今留中国梦，嫦娥再探广寒宫。
科研普及无疆界，教学娇音播九重。

贺澳门同胞捐建慈安桥

陕南沟阔水瀛瀛，千里修桥积善行。
镜海驰援弘正气，名书义展感乡情。
曾尝苦困思扶弱，为育英才志远征。
德艺双馨怀社稷，丹青笔下岁峥嵘。

贺《澳门日报》五十二周年报庆

为民喉舌把时匡，法眼公心谠论刚。
五十二年多建树，万千百姓喜流觞。
龙头引领云天阔，鹏翼扶摇海宇长。
映日红莲生宝地，征程一路遍霞光。

敬悼巴金老人

百度春秋过，仙游感悼深。
激流三部壮，随想十年心。
正直文坛罕，真诚海宇钦。
高名应不朽，忆念藉微吟。

汪辜二老相继谢世有感

鲸鹤相随去，高朋作古人。
搭桥功在世，著手欲回春。
松月林间照，珠玑海内珍。
一中常在念，两岸共沾巾。

怀季羡林老先生

茶前惊驾鹤，海宇悼宗师。[1]
留德他乡梦，归华故国思。
等身皆绝学，满腹尽真知。
荷露知垂泪，未名湖水悲。

注：①“茶”指茶寿。

敬悼饶宗颐先生

菩提妙境展清凉，一扇青莲启梵章。
星宿临凡遗浊世，灵台得道返仙乡。
高才六艺偕兰竹，奇学九能兴汉唐。
享誉儒林垂宇内，同悲驾鹤古风长。

注：一代宗师饶宗颐先生学贯中西、汇通古今，人谓："业精六学，才备九能，已臻化境。"第一句写"清凉世界——饶宗颐书画展"1999年于澳门展出，因工作关系，余有幸参与展览筹办。第二句写澳门中华诗词学会在郑炜明教授联系下，获饶公提供荷花扇面图作为学会诗刊《澳门中华诗词》首刊封面。第三句写饶公于2011年获南京紫金山天文台将国际编号为10017之小行星命名为"饶宗颐星"。

敬悼蔡厚示教授

学苑词坛德望高，仙游斗府九天遨。
忘机论艺栽陶柳，忧患抒怀写屈骚。
桃李成林多雅士，中西合璧一诗豪。
师恩每念长凄泣，噩耗惊传拍岸涛。

贺母校圣心女子中学三十三周年校庆

母校欣华诞，长牵学子情。
圣心宏大爱，化雨沐和平。
巾帼今当振，须眉莫自轻。
春风吹又绿，桃李满莲城。

圣心女中校园抒情

巍峨红厦溢书香，翠树葳蕤绕校场。
晓日微明维燕集，晚霞犹艳达儒忙。
无涯学海培良栋，不尽师恩护远航。
桃李满园酬社稷，奇葩竞绽吐芬芳。

写于初中三年级

◎词

高阳台 · 登南昌滕王阁

遥对西山，近依南浦，负城更又临江。杰阁重寻，一时意绪纷扬。流丹耸翠层霄上，是思成、仿宋摹唐。千三年、卅劫难磨，饱历沧桑。

元婴画蝶今何在？论千秋胜事，最是思王。一序长传，顿成莫铄金章。落霞孤鹜齐飞处，看长天秋水苍凉。更开怀、俊侣相携，正待高翔。

石州慢 · 畅游庐山

秀极匡庐，幽绝洞天，曾是仙宅。汉时司马长游，唐代青莲欣历。谢公屐齿，遣兴复有东坡，醉吟又岂无居易？上溯望千秋，觉风流飘逸。

名迹！好山藏鹿，五老峰南，尚留书室。九叠屏风，影落明湖青碧。银河倒泻，纵目瀑悬前川，飞流直下三千尺。爽气荡尘襟，助凌云词笔。

水调歌头 · 初上井冈山
（步毛泽东原韵）

自小思鹏举，今得上名山。四周无际林海，处处有朱颜。往昔穷山瘦水，此日风光宝地，世事岂无端？志士多遗迹，走马略瞻看。

射豺豹，驱狼虎，靖尘寰。且欣锦绣罗织，花果满人间。两届千年方过，二度长征又始，蓬岛待归还。万仞何须惧？信步亦堪攀！

临江仙 · 乡愁
（用晏几道韵）

蓬岛金风依约，神州玉露纷垂。鹊桥架起是何时？只期珠合浦，不忍蝶分飞。

遥想他年携手，那堪此夜沾衣。常相隔海诉相思。又将星子摘，日盼彩云归。

水龙吟 · 澳青联团
上海嘉兴杭州行

江山信是多娇，华东三地偕游处。外滩观浪，浦东挹胜，难忘沪旅。辗转嘉兴，南湖船影，北楼烟雨。甚西湖秀绝，孤山鹤，瀛洲树。

红址最堪瞻顾。念先贤、昔冲冠怒。少年英烈，天涯征战，救民无数。今赖儒冠，教科兴国，重担肩负。喜神州盛世，炎黄赤子，共峥嵘路。

高阳台 · 咏龙游诗词大会

诗帜风扬，骚人斗集，不期胜会龙游。浅唱高吟，一时雅兴方稠。初窥石窟神奇日，正潇潇、雨歇高秋。独销凝、暗自神驰，远豁清眸。

迢迢万里云山外，只芳思遐托，一梦悠悠。姑蔑遥遥，空余几点轻愁。凤凰山翠濠江碧，看何时、更得来游？谱新词、独立踟蹰，镜海潮头。

虞美人二首 · 咏兰
（步李后主韵）

兰心蕙意情难了，吟咏何应少？小城朝夕沐东风，再访陈村兰苑霁阳中。

一年一度芳菲在，不让春颜改。赏兰能否解闲愁？遥想绛珠幽谷濯清流。[1]

一春花事何曾了？只怕骚人少。嫣红朵朵弄东风，静苑正当香拂绿帘中。

仙姿玉质仍堪在，万代应难改。滋兰屈子独多愁，恰是多愁方使韵长流。

注：①《红楼梦》中的“绛珠仙草”下世降生为黛玉。

忆江南五首

一

江南好，沪上迹重寻。黄浦江头灯似海，明珠塔外夜鎏金。解语问春心？

二

杭州好，最美是西湖。春早寒氛凝未散，雨中烟景淡如无。潋滟逐明珠。

三

西湖好，三月正韶光。觅绿沿堤观柳眼，寻红入苑待莺簧。锦鲤波中藏。

四

西湖好，神话溯源长。残雪已消余别恨；断桥何处觅仙娘？遐想自飞翔。

五

西湖忆，最忆白苏公。两代文豪人景仰，双堤泽厚世推崇。垂誉至无穷。

注：1991 年余因获“青春杯”征文比赛一等奖，首次赴上海领奖。

雨中花慢 · 夏日斗门品荔

岭压浓云，雾浥轻尘，斗门啖荔尝鲜。喜株株爽脆，粒粒红圆。远涉黄杨山界，来从濠镜湖边。即未盈三百，也放清怀，欲学坡仙。

攀枝仰树，采撷随心，诸朋皆涌诗泉。殊不料，霎时一雨，且又绵绵。便即回车僻径，继而落座华筵。主宾欢饮，隔窗观雨，烟水连天。

西江月 · 秋返故乡开平

水口蒜头辛美，龙塘金鲤鲜肥。重阳时节始回归。十载乡心得遂。

绿野碉楼光映，芳原村落烟迷。世遗一旦得名题。四海争游此地。

鹧鸪天 · 南湾湖冬晨咏

旭日明霞映碧空，南湾清水濯萍踪。双虹极目澄波上，孤鹜回眸江渚中。

花解语，树葳蒙。云椰塔畔倚苍穹。如烟百代沧桑过，七子莲心写大同。[①]

注：① 闻一多著有《七子之歌》，澳门向有莲花宝地之称。

声声令 · 咏龙环缅华泼水节

钗横黛鬓，翠挹香襟。满园欢语酒轻斟。纱笼丽影，清泉浴，碧波淋。薪火传、追古惜今。

葡韵红林。携老幼，喜登临。妙声神鸟护身心。多元镜海，此中寻。缅华吟。胜万金、节庆福音。

水调歌头 · 中华颂

极目万千里，一望碧无涯。江山雄阔无限，处处有人家。远溯飞天补阙，近及航空探月，岁岁未荒遐。圣哲真当记，英杰复堪嘉。

因开放，生新叶，发繁葩。立心改革功著，世界尽惊夸。此日神州追梦，乃至民安国富，驰骤看骝骅。甘献终生力，报我大中华！

惜余春 · 记戊子年新春神州雨雪冰冻灾害

雨脚垂丝，雪花飞絮，漠漠寒氛弥漫。冰封北国，粉盖南疆，迩月迷茫无岸。原上罢却游龙，云里征鹏，亦难冲汉。正新春渐迫，行囊空拾，故乡犹远。

惊不尽地冻天寒，哀鸿充野，十九省区蒙难。情牵祖国，义感侨胞，四海救援堪赞。春早梅开一枝，欺雪香清，凌霜光灿。喜星移斗换，秀色神州共看。

千秋岁 · 敬奉马万祺先生诗词艺术高层论坛

寒天欲雪，松柏青青节。学人四海纷临热。相趋黉府会，共览濠江月。群贤集，马公大著皆研说。

词系苍生结，诗揽山河列。情深挚，心真切。骚坛尊健宿，商海钦人杰。天寿永，南山东海将长阅。

水龙吟 · 记神舟七号太空之旅

酒泉序属金秋，长征劲送飞船去。凌霄彩焰，行空天马，排云踏雾。直上苍穹，电驱光掣，地球何处？问浩茫宇宙，何生何止？从今起，求深悟。

喜得太虚漫步，展红旗、月垂星舞。飞天服在，历诸般劫，若金刚固。一旦功成，草原回返，晚霞娇妩。看腾欢禹甸，旗林花海，为英雄举。

贺圣朝 · 嫦娥一号成功升空

熊熊彩焰升腾处。有龙形凤影。飞星奔月访嫦娥，览蟾宫桂府。

沉沉玉杵。翩翩素羽。念广寒谁主？一重天外一重天，探绵绵万古。

高阳台·喜观奥运圣火在澳门传递

圣火欣传，祥云烘护，如雷笑语欢声。旗海人山，倾巢空巷相迎。世遗踪迹皆沿路，有龙舟、助赏莲城。更良宵、汇演烟花，镜海华莹。

同一世界同一梦，让百年梦想，一日功成。中国情怀，中华儿女牵萦。而今圣火行经处，令莲花、倍绽芳馨。愿寰球、万种生机，不尽光明。

浣溪沙·澳门举办第四届东亚运动会

莲岛今膺体育城。澳门蛋馆聚千兵。跃龙跋马定输赢。

轻取多金惊列国，广交挚谊结群英。尚思奥运再扬名。

西江月·美国校园枪击案

夜幕灾星突降，校园杀手逞凶。乱枪如雨冒严冬，多少娇花断送。

惨雾频年未散，祥云一日难逢。堂堂大国策无从？公器竞相滥用。

西江月·澳门中山雅集因故未赴

荷岛莺花初灿，东君笑脸方柔。春风千里上杭州。欲践沙溪未就。

西子湖边客热，香山市上灯稠。绮筵开处动诗俦，一闪灵光点透。

西江月·敬悼梁披云会长

天上云容暗淡，人间夜色玄冥。惊闻镜海陨文星。仙去松龄鹤命。

尚忆年前拜省，当时花事方荣。谆谆教诲再难聆。唯有长存仰敬。

浣溪沙·敬悼佟立章诗翁

花未残时月已昏。晚晴伤别雨纷纷。梦回濠镜忆春云。

碧海无从招酒圣，遥天何处觅诗魂？雪泥鸿爪读留痕。

注：佟老著有逾万珍贵韵语名篇，曾获文化功绩勋章，并出版《晚晴楼诗》等多部诗集。

浣溪沙 · 读陈伯辉词翁《省堂诗词三集》

一卷芳菲意象新。河山吟就系黎民。多情自古属骚人。

岂是苦吟唯集句，善为快咏可通神。泛槎词海羡超尘。

◎排律

北京奥运礼赞

百年奥运北京开，四海欢呼动九垓。
玉都狮龙飞舞壮，鸟巢烟焰彩霞瑰。
棒传圣火千城过，乐奏仙音万客来。
友谊先行承上古，公平竞技汰庸骀。
英姿勃发齐争冠，威力无伦独夺魁。
举重金刚扛巨鼎，步枪神手赛惊雷。
高台跳水容尤雅，鞍马凌空势不颓。
拟蝶飞鱼姿浪漫，指天宝剑气崔巍。
蹦床弹跃摩楼顶，帆板飘扬远海隈。
柔道桂冠连五届，羽球榜首续三回。
乒乓八奖收罗广，拳击双雄气象恢。
群队须眉宣捷报，团操巾帼捧金杯。

万人竞技排千列，百国争雄共一台。
世奥新猷青史载，全球硕果苦心栽。
妙歌曼舞轻弦诉，别絮离丝急鼓催。
圣火缓缓终熄歇，祥云缈缈永徘徊。
曾讹东亚多羸汉，今证神州尽将才。
宇内喧阗闻凯乐，万家亿户醉欢罍。

东方之星沉船搜救行

海事年来每沸扬，南韩继后又东方。
孽龙风卷成羊角，铁舶波颠断客肠。
电闪雷鸣惊大野，龟翻蛇蹿乱长江。
高楼倒扣疑天塌，巨舫翻沉似地藏。
险境悬危愁旦夕，灾情深重系中央。
海空齐集通三界，远近驰援动八方。
战士数千营救急，舟樯几百搜寻忙。
为供氧气留呼吸，故割精钢破底舱。
天挂雨云情黯黯，江扬湍浪势汤汤。
系牢铁缆方为力，扶正豪轮便救伤。
逝者凄惶关舍室，蛙人奋力摸门窗。
沿江探索狂流急，顺水追寻苇叶长。
波下深潜无日夜，船中细觅费周章。

临危赴险彰高义，舍己匡人感热肠。
云梦新郎逃喜宴，天津老汉悼遗孀。
旦闻武汉潮声隐，暮悉吴淞浦水凉。
含恨生灵差尽殁，无情风雨俱堪殇。
千家眷属难抒臆，万户平民愿解囊。
仁爱悠悠存世间，忠魂杳杳上天堂。
无声日月由谁主，沧海微尘宇宙茫。

注：2015年6月1日晚，由南京出发的客轮东方之星号，航经长江中游北岸之湖北监利大马洲水道时，突遇龙卷风，不幸翻沉。大规模的搜救行动包括空中巡航、水面搜救、水下搜救、进仓搜救和全流域搜救，共有海事、民航、水文、气象、解放军、武警、公安、消防、交通、营运、医疗、保健、心理咨询等部门，与众多民间团体和志愿者参与救援。盖东方之星客轮可载客500余人，首次共承载454人。然6月1日至13日，经不懈搜救，生存者仅12人，遇难者442人。愿遇难者在天之灵安息，复感人间大爱，故为是诗。

哀舟曲

万顷山洪动地来，桃源舟曲霎时摧。
急流滚滚村庄杳，乱石滔滔叠嶂颓。
断瓦埋尸陷鬼域，全民戮力救天灾。
亲邻惜别同生死，萍水相逢舍命陪。
战士废墟寻活口，遗婴旷野哭惊雷。
以人为本情和义，举国同根痛亦哀。
堤坝失修添险象，森林滥伐待重栽。
藏乡今夏无佳土，秦陇明春现玉垓。

玉树抗震救灾有怀

大难传青海，悲音动朔京。
山崩颓玉树，地塌陷生灵。
倒毙羊何罪，狂奔鹿亦惊。
姻亲曾密缔，汉藏久同盟。
大爱心争献，中华血共凝。
重生成众志，劫后启新程。

雨中旅游塔畔观海有感

三象连珠历百年，天文大汛雨绵绵。
洪峰滔涌长堤缺，野陌萎靡庶稻煎。
朝看雷鸣余败瓦，夕闻潮退失良田。
往还悲剧随机发，辗转哀鸿逐浪迁。
冒石暗中将秸秫，充囊私下敛金钱。
贪官恶行诚堪恨，孤犊呦鸣最可怜。
麋鹿山前求去路，螳螂树上苦参禅。
杜鹃啼血千关断，精卫衔泥万顷连。
怅望流萍随逝水，苍凉江畔杳人烟。

◎古风

哀汶川地震歌

噫吁嚱！天何太忍径将巨灾降汶川？！
巴蜀之地忆初夏，美哉世上称桃源。
阴霾潜至逢佛诞，碧空午后日犹悬。
工农商学一如常，布衣乡绅亦悠然。
骤闻虺喧平地响，继而四野奔尘烟。
屋摇物晃视难见，眼前但觉石舞与天旋。
瞬间山崩复地陷，万壑隆隆裂心弦。
狗走鸡飞惊历乱，儿啼母唤声频传。
游鱼出水空中跃，百鸟弃巢尽上天。
蟾蜍列队排公路，猿猱恐极失攀缘。
万郭千村同委地，高楼广厦半颓颠。
仓皇未及逃出者，石埋梁压断砖填。

魂飞魄散添新冢，折足断臂更难全。
气若游丝苦被困，饥渴寒曝水火煎。
无常鬼门频招手，弱息随风一线牵。
才报汶川灾最重，又告绵竹更北川。
复有茂县和理县，州邑八座无完椽。
锦城云乐犹播及，江堰幸未沦深渊。
强震不唯止于此，毗邻数省皆难蠲。
余波广至数千里，玉京宝岛亦绵延。
香江镜海俱微震，一泓静波起漪涟。
蜀地此时遍瓦砾，孤魂处处啼杜鹃。
群峰解体泥岩泻，暴雷惊发烈焰燃。
水库溃堤波漫涌，路桥坍塌车迍邅。
碉寨虽固可奈何，青城天师水中仙。
宝成铁脉犹中断，卧龙熊猫亦逃迁。
惨逢巨震忆唐山，驹光过隙卅二年。
昔时国殇思犹痛，讵料天祸殃汶川。

电报急传惊世界，夤夜驰援更争先。
富翁贫丐倾囊献，学府捐血夜不眠。
元首访日甫归国，又即临川未息肩，
民为邦本尽称贤。总理亲躬巡危地，
目睹惨状心坠铅，抚孤慰伤心意拳。
八十将军身犯险，十万雄师奋加鞭。
水陆无路徙步进，伞兵展翼落九天。
漫山遍野皆迷彩，誓退死神转坤乾。
白衣天使不解带，救死扶伤越黄泉。
拭热泪，心如焚，不将残垣作丘坟。
常悲千人遭活埋，最怜学子多蒙冤。
死前幼掌仍握笔，零落课本伴幽魂。
老弱妇孺皆待救，幸存孤寡泪纷纷。
诸方援兵雪中炭，入川义助苦亦欣。
废墟搜救多奇迹，旬日旬夜尚可闻。
茹血饮溺眷人世，深宵野犬吠狺狺。

披荆斩棘乱石滚，翻山越岭夜行军。
堰塞湖倾锁蜀道，损兵折将敢为群。
庶黎获救还互救，危墙之下共忧慬。
冥府阶前指生路，孩提一语重千斤。
襁褓娇靥犹带笑，来生再续父母恩。
柔躯浴血护稚雏，化作春泥桃李熏。
泰山不重师情重，师道如海海无垠。
家园尽毁一公仆，独救百民日已曛。
妻儿却自难顾及，俟得见时永别君。
土掩草葬立木牌，匆匆复又向前奔。
山川茫茫阻且远，仁者无私正气贲。
抢修道路固桥梁，剜肌欲补眼下伤。
勇与天斗挹三通，为使危城险化祥。
急运帐篷兼衣物，车驶川原船驶江。
几万亡灵招腐菌，颓圮败瓦惹蝇蟑。
拂云洒露频消毒，转运伤员赴四方。

各地义演筹善款，捐资赠物慨而慷。
愈亿虽多多益善，一文纵少少无妨。
灾后毋忘惩硕鼠，乐土重建冀良方。
千篷架起平野阔，呼邻唤里作羹汤。
失母新婴啼长夜，警花哺乳暂为娘。
稍离瘴厄临高考，晚习苦无凿壁光。
造物不仁躬锄荒，浩劫尤撑铁脊梁。
月暝星黯届七夕，魂逐飞蓬已远行。
红旗半下蓝天寂，亿众垂泪恸穹苍。
汽笛长鸣风波定，舰船罢驶江水凉。
衔悲愿效滕公业，十九省市共扶匡。
蜀山今日虽狼藉，岷江明朝复仙乡。
我信昊天怜赤子，泱泱中华日月长。

注：2008年5月12日，四川汶川发生里氏8级特大地震，罹难者近7万人，经济损失逾8000亿元。大灾见大爱，举国上下同心驰援，云天高义动人五内，遂感而赋之。

◎联

考察杭州、乌镇、绍兴联

白公词妙，苏子诗佳，正堤拂绿杨，湖宜西子，久仰骚坛双巨匠；

禹庙山苍，兰亭水古，又屋遗三味，铺访林家，长思历史几名人。

“历史的跨越”基本法杭州推广联

镜海重光，创制特区基本法

宝莲盛绽，讴歌历史新篇章

注：“历史的跨越”纪念澳门特区基本法颁布十七周年暨澳门回归十周年图片展及基本法颁布十七周年研讨会于2010年4月20日在浙江举行。

敬悼全国中华诗词学会孙秩青会长仙逝

诗国长铭　此后依然垂典范

濠江初谒　于今犹是忆慈颜

◎附录　外语诗

Creation

（《创作》英文诗）

Oar of Language
Moving through wave-like time
Vanishing
In transparent silence

Leaving behind
Verses
As skeletons of sentiments

Criação

（《创作》葡文诗）

Tendo navegado pelas ondas do tempo
O remo da língua
Desaparecia
No silêncio da transparência

Deixando
Os versos
Como os esqueletos dos sentimentos

Brisa do Mar Português

（《葡萄牙的海风》葡文诗）

No porto Atlântico,
Na porta do continente Europeu,
A brisa vinda de longe,
Ondula pela terra da Europa do Sul.

Os castelos e mosteiros são todos
mistérios,
Continuando a ser brilhantes ao sol.
As vinhas omnipresentes misturam-se
Numa paisagem montanhosa,
Ao som das ondas verdes.

O gesto ventoso dos pombos Coimbrões
Esvoaça pelo campanário e pelo rio,

Onde se ascende
No céu em cima da Praça D. Dinis,
O símbolo divino.

As folhas de arvoredos e as cores de flores,
Acompanham pelas sombras do sol.
Ao subir ou descer as escadas,
Um sopro de peões,
Enche-se de ar fresco,
Vagueado pelos horizontes do oceano.

Esculpida com a nau da solidão,
De Fernão de Magalhães,
De Vasco da Gama,
Navega a brisa
Pelos continentes e arquipélagos
portugueses.

Com as asas da inspiração de Fernando
Pessoa a voar,
Os sonhos de Cristiano Ronaldo a concretizar,
O amor por Salvador Sobral a cantar,

Conquistam-se as almas europeias
Pela canção portuguesa do destino
Que é a brisa do azul profundo.

UC, Julho de 2017

◎后记

中华诗词的传承与发展

冯倾城

近年来，中华诗词正处于一个能否继续取得长足发展的瓶颈。从表层现象看，神州大地涌现出上千万诗词作者，仿佛是一个超唐迈宋的时代业已届临。然而，这或许只是一种易于使人产生错觉的表象。从质量内涵看，在这浩繁如满天星斗的诗词中，虽出现一些优秀的作品，但其份额仍小，而各类陈腔滥调式的制作，却不鲜见。在这种情势下，如何打造精品力作，就引起了诗词学界的高度关注。

怎样的作品才算精品力作？对于这一课题，全国诗友曾就此做过多次讨论。“思想性与艺术性高度完美的统一”，这一准则是诗人们的共识。诗歌艺术的思想性主要表现为两个方面，一是借由揭发社会生活的阴暗面，谋求人类的反省；一是借由描写崇高的行为，提升世人的品性。哲理性和美的体现对文学创作来说是非常重要的，但还特别讲求真情实感。文学不同于科学，科学改变物质的位置，文学则是转换人类的精神。伟大的文学必须同时是“真”、是“善”、是“美”，而且终究要以“美”作为基调。这种美不是指华丽庸俗的装饰，美存在于质朴的本色之中。富于哲理性的精神之美才是文学所追求的境界。这种美让我们的生活丰饶润泽，让我们领悟到生命的美与尊严。就诗歌而言，诗歌的语言美征服了我们的眼睛，诗歌的哲思美，却足以征服我们的心灵。

在追求艺术境界、实践艺术境界和研究艺术境界的过程中，宗白华先生认为：“功利境界主于利，伦理境界主于爱，政治境界主于权，学术境界主于真，宗教境界主于神。但介乎后二者的中间，以宇宙人生的具体为对象，赏玩它的色相、秩序、节奏、和谐，借以窥见自我的最深心灵的反映；化实景而为虚境，创形象以为象征，使人类最高的心灵具体化、肉体化，这就是‘艺术境界’。艺术境界主于美。”关于“境界”说，王国维先生则如此论述：“境界有二：有诗人之境界，有常人之境界。”他还说：“古今之成大事业、大学问者，必经过三种之境界。‘昨夜西风凋碧树，独上高楼，望尽天涯路。’此第一境也。‘衣带渐宽终不悔，为伊消得人憔悴。’此第二境也。‘众里寻他千百度，蓦然回首，那人却在，灯火阑珊处。’此第三境也。”我以为，无论是文学作品，或其他艺术作品，真正具备不朽意义的作品不是那些单纯追求辞藻的、“形式主义”的，或一味信奉自然效果的、“自然主义”的作品，而是那些既重“境界”，也有终极关怀的作品。因为，无论是“诗言志”，或是“诗缘情”，都关乎人类的生存。

诗翁蔡厚示教授认为好的诗词作品应达到“情真、味厚、格高、境阔”四项要求。我以为，这是精到的概括。在这基础上，如果再加上“语工、韵谐”二项，那就是对精品力作有更严格的要求了。这就是说，一首诗词的精品力作，若做到“情真、味厚、格高、境阔、语工、韵谐”六项要求，则臻至“思想内容与艺术技巧完美的结合”。这前者就是对后者的具体落实。现在，我们常把精品和力作联系在一起。如果进一步推敲，精品和力作似乎还是有所差别的。大体说来，优美的艺术品就是精品。在诗词中，有可能是短篇，也有可能是长篇。诗词中的短篇，常是文章天成，妙手偶得，灵光一闪，便成佳篇；至于长篇，则必须经过千锤百炼，精雕细琢，苦心经营，也就是人们常说的扛鼎之作。因此，所谓力作，更是指一些鸿篇巨制。

以诗而言，《唐诗三百首》是从五万首全唐诗中选出，大多是有代表性的诗人的代表之作，其中当然也包括了精品和力作。在审视唐诗的时候，我们不难发现，唐诗中力透纸背的强烈的时代气息。唐诗之所以称为唐诗，既源于其所属朝代，更在于其气质。中国传统诗学一向将形与神对举。唐诗的魅力乃在于神，而不在于形。国学大师袁行霈教授便有“唐诗风神”说。盛唐的诗，有明显的太平盛世气象；到了中、晚唐，这种蓬勃气象和雍容风度则不复存。如果说唐诗重韵致，是严羽在《沧浪诗话》中所指的“不涉理路，不落言筌”，宋诗则另辟风格。钱锺书《谈艺录》谓：“唐诗、宋诗，亦非仅朝代之别，乃体格性分之殊。天下有两种人，斯分两种诗。唐诗多以丰神情韵擅长，宋诗多以筋骨思理见胜。”反观现代人的诗词，时有“面目模糊”之感，分不出气质、风格。甚至是一些青春年华的大学生，其征诗比赛的获奖作品也不乏陈词腐语。因此，我们在提倡打造精品力作的同时，还应注意到诗词创作的现代化。因为没有时代气息的作品，就是没有“个性”和“轮廓”。

袁行霈教授在其《博采精鉴深味妙悟——研究中国诗歌艺术的点滴体会》一文中谈道：“诗歌艺术不等于平常所谓写作技巧，它的范围很广泛，制约因素也很多。就一个诗人来说，人格、气质、心理、阅历、教养、师承等等都起作用。就一个时代来说，政治、宗教、哲学、绘画、音乐、民俗等等都有影响。”“博采、精鉴、深味、妙悟，四者结合起来，就有希望打开中国诗歌艺术这座宝库，看到其中璀璨的珍宝，并为我们自己民族的文化而自豪。”诗是中国文学的主流，诗并没有消亡，究竟如何在传承中创新，如何在发展中再创高峰，这就要视乎今人如何走好古典诗词现代化的进程。偶尔翻阅文学报刊，发现了这样一首诗："小老板从厨房里走出来／淡淡地说了句：来了／我说：来了／小老板说：砂锅？／我说：砂锅／吃完饭，我们走时／后院的狗又叫了几声／同前几次的一模一样。"我想这也许就是一度流行诗坛的"口水诗"的典型风格。然而，根据我对诗歌的认识，这首"诗"虽然披着"诗"的外衣，但实际上只是把一般的散文句子以诗行的形式排列而已。从阅读的效果来看，则像一杯淡而无味的白开水。

现代诗以白话为载体，但以白话写诗，并不等于诗歌语言就应当放弃精雅的追求。白话写作不应流于"大白话式"甚或"口水式"的抒情言志。一位诗人在作品中有"从被子上闻到了太阳的味道"一句，有人称其是神来之笔。但有过带孩子经验的人可能都有这样的体会——牙牙学语的顽童就会对着妈妈刚晒过的被子，兴奋地喊："我闻到太阳的味儿了。"小孩子被大太阳晒得不耐烦时，甚至会伸伸小舌头，说："我把阳光吐出来！"诗人的口语化表达反不如顽童脱口而出的喊叫更为传神，这真是诗人的悲哀。

以语言艺术为表现手段的诗，是文学的最高样式。诗的语言应是至为精纯的语言。但目前流行的口语诗所表达的大白话味却愈来愈趋向极端。诗歌语言的审美特质因而受到了极大的侵蚀。与此对照，古人的诗词创作也往往以日常体验为表现对象，不少佳作即使今人读之也颇觉浅易。

而其诗歌语言不仅合辙押韵，读来颇有乐感，且能于平淡中寄寓深情，令人有百诵不厌之感。如明代诗人沈昌的作品：“杏花枝上着东风，十里烟村一色红。欲问当年沽酒处，竹篱西去小桥东。”这首小诗表现的内容和上述的口语诗颇为相近，只是“沽酒”变成了吃“砂锅”而已，但后者的表达浅易而文雅，未流于直白。吟咏《千家诗》《唐诗三百首》等传统选本，更能体会到这一点。

古典诗词的艺术形式至今仍吸引着许多文学爱好者为之身体力行，可见其生命力是不朽的。当代的口语写作亦应借鉴古典诗风，于平易中见高情雅致，方能真正建构其留传于文学史上的一席之位。

马凯先生在其《再谈格律诗的“求正容变”》一文中指出：“在2010年中国作协召开的全国诗歌理论研讨会上，与会诗人、评论家达成了新体诗与旧体诗要‘比翼双飞’‘相互促进’的共识。在2010年鲁迅文学奖的评选中，格律诗作品首次参加评选，有的已列入候选名单。这些都是十分令人欣慰和振奋的消息，必将对发展和繁荣当代诗歌产生积极的影响。”孔子说：“不学诗，无以言。”作为中华文化的精髓之一，中华诗词是语言与形象、情感高度统一的文学艺术，也是精妙才华与丰富思想驰骋的王国。作为一种精炼的表达方式，中华诗词虽往往短小精悍，却常常意蕴深远。华夏民族在语言文字上的深邃与精妙在传统诗词的形式中得到了最充分的体现。与此同时，其包罗万象的内容亦展开了传统礼俗与人情世态的绮丽画卷。

毫无疑问，坚持对传统诗词的研读、创作、传承与弘扬，是培养对本民族文化传统的理解与认同的重要途径。那种只重视新体诗而试图将旧体诗词锁进博物馆与故纸堆的思路，低估了文化传统本身不断积淀与创新的能力。我们不能将本民族文明现代化的发展之途拱手让予西方文明。我们相信，只有一个建立于丰富历史底蕴与优秀传统文化的坚强基石之上，以自身的文化文明与精神价值为旨归的民族，才有能力与世界各民族进行平等的交流与对话，也才能实现本民族文化的伟大复兴。